奥州道中記

藁科勝之・校注

北方新社

デザイン　今　雅稔

目次

はじめに

津軽版・道中膝栗毛

『奥州道中記』は、当時大流行をした十返舎一九の『東海道中膝栗毛』享和二年（一八〇二）～文政五年（一八二二）を模して書かれた滑稽本である。舞台は、奥州道中記の名が示すとおりの奥州ではあるが、具体的には、出羽秋田・大館から津軽・弘前までの羽州街道の旅である。

登場するのは、江戸生まれの「弥次郎兵衛」とその家来「北八」の二人だが、道中案内役として大館出身の「佐吉」が加わっての三人旅の滑稽道中となる。そして、この道中で出会う老若男女三十余人の方言が、近世の津軽方言資料として貴重であるばかりでなく、大館の人たちも登場することから、近世の北秋田方言の資料にもなり得る稀少な資料と位置づけることができる。

膝栗毛物

一九は『東海道中膝栗毛』の流行に乗ってこの姉妹編、続編を著したが、一方で、これを模倣していわゆる〈膝栗毛物〉が全国で作られたのである（注1）。いわば地方版膝栗毛である。

そして、この津軽にもこの種の膝栗毛物が存する。しかも二種も作られていたのであった。

一つはこれまでも知られている『御国巡覧滑稽嘘尽戯《おくにめぐりこっけいうそつきげ》』（通称『津軽道中譚《つがるどうちゅうたん》』）であり、これは現在、活字化・公刊され、近世津軽方言資料として利用されているのは周知のとおりである。もう一つが、今回活字化して公開するこの『奥州道中記』である。

これは、一九八五（昭和六十）年八月、筆者が発見した近世津軽方言としての新資料である。その当時、新聞で〈江戸時代の津軽弁〉の資料として連載、紹介をしたことはあったが、その内容の全文を公開することなく、その後、機会を得ないまま現在まで三十数年が経った。

残念なのは、これが出版されたものではなく、唯一写本でしか残っていないことである。これが地元新聞で紹介された際、『奥州道中記』が〈刊行〉されたと記されたことがあるが、それは誤りで版本は存在せず、この書写本一冊以外には存在しない稀少な孤本である。このままでは珍しい資料が人々の目に触れることなく、貴重な地域の文化資料が、埋もれたままになってしまうことがはっきりしてきたのである。

そこでこの機に、貴重な文化資料の地域の共有財産として、単に残すことだけでなく有効に活用できるよう、日本文学・日本語学資料としても使用に堪えうると同時に、一般読者にとっても十分に鑑賞でき、楽しむことができるような形で公開するものである。

（注1）綿抜豊昭（二〇〇四）『「膝栗毛」はなぜ愛されたか』（講談社　講談社選書メチエ294）

翻刻および語釈・注釈の方針

本書の底本は弘前市立図書館蔵『奥州道中記』（書誌参照）である。現在異本はみられず、現存するものはこの一本のみである。翻刻にあたっては、語学資料としても用いることができるよう、原則として原文どおりとした。なお、本文中に細字二行で書かれている部分もあるが、ト書きや注文ではなく、内容的には本文とまったく変わらないため、本文部分と同じ大きさで翻字した。

ただし、読解の便を考えて、原文の表記を保持しつつ次のような措置を施した。

一　仮名

（一）原文の変体仮名、片仮名字体は現行の仮名字体にした。

なお特徴的なのは「え」「エ」がほとんどみられず、「ゑ」「ヱ」のみである。

（二）仮名づかい、送り仮名、清濁については原文のままとした。

なお、歴史的仮名づかいと異なるものや、方言音を反映する表記が多いため、読解の便を考慮して、その右に読み・漢字等を（　）に入れて補った場合が多い。

（例）コリヤかちかさの吸物たけやつか一番の出来物（P.30）

→　コリヤかちかさ（河鹿）の吸物だ。けやつ（此奴）が一番の出来物

また意味の理解を助けるために、その右に（　）に入れて漢字を宛てたり、読みを添えたりした場合も多い。

（例）しそまくりあけ前の所をちかけ八巻を〆かへき持なから（P.69）

↓ しそ《（裾）》まくりあげ、前の所をちかけ《（突掛）》、八《（鉢）》巻を〆《（締）》、かへき《（掻笥）》持なから

二　漢　字

（一）漢字の字体は、異体字を含めて原則として現在通行の字体に直したが、頻用される次の漢字はそのまま用いた。

哥（歌）、跡（後）、晒落（洒落）、脊（背）、并（並）、迠（迄）

（二）宛字や誤字の類が多い。宛字にしても、一般に通用する用字ではない例も散見し、文意の理解を妨げる場合も多いが、これらについて、本文においてはできるだけ指摘した。また活字化できない譌字（いわゆる、うそ字）も目に付くが、再現できないので正字に直した。なお、次のような使いかたも少なくないが、字体はそのまま残して、（　）内に正字を示した場合が多い。

有（或）、安内（案内）、川内（河内）・駿川（駿河）、待（侍）、往（住）、煎（煮）。

（三）その他、疑問や不審、また原文の誤りと考えられる部分についても原文のままとし、その都度（　）内または注において示した。読み難い漢字にも、適宜（　）内に読みを入れた。

譌字については活字で表せないため、正字に改めた。

（例）□除（□は、扌×宰という譌字）→ 掃除

三　踊り字

ヽ、ゝ、〱、々なども、そのままとした。

四　合　字

合字は次のように改めた。〆（して）は片仮名のメと紛らわしいので、「して」とした。ヒ（れる・られる、される）は片仮名のヒと紛らわしいので「被」とした。〆（しめ）、ゟ（より）はそのまま用いた。

五　原文の誤り、疑問など

本文の右側に、（　）に入れて正しい表記を示したり、頭注において説明した。

なお、「暑《アツサ》さ故」のように、「サ」と「さ」が重複している例がかなり見られるが、逐一指摘をしていないので了承されたい。

六　句読点、会話の括弧

原文には読点（、）は用いられず、また句点（。）もごく一部で用いられているだけであり、また会話のカギ括弧も用いられていないので、読解の便を考慮して、適宜、句読点、カギ括弧「　」を付した。

七　頭注、補注

（一）頭注では、近世語、また方言などを含む語句の説明のほか、場合によって現代語訳も施した。

（二）補注では、頭注で示せなかった語釈、出典その他を記した。

※留意

本文部分に用いているカッコ（　）のすべては編者によるものである。したがって、このカッコを除けば、原文の表記に戻ることができる。

奥州道中記

奥州道中記

〈発端〉

[1]蓼喰《たでくら》ひし虫有。又紙喰ろう獣《ケモノ》有。鷹《たか》諸《モロ》鳥の肝《キモ》喰も皆《ミナ》其好《コノム》所なり。まして人間ならば、物好キは有べき筈。されは、カノ弥次郎兵衛北八《ナ》なる者、[2]道中好キ之者ともなれは、初、東海道ゟ《（より）》四国まて、夫より木曽路にかゝり、ゆる〱となぐさみなから道中なれは、三四年の間なるべし。然るに又、松前を心ざし、江戸立て奥羽道中筋津軽ニかゝり、外ケ浜見物なから、青森ゟ出帆の心かけニて、道中なれ《（慣）》し同行二人、夏の暑さもいとひなぐ、日焼に色は真黒し。笠の紐《ヒモ》跡《アト》顔《カヲ》に受《ウケ》、病気[3]さし合等もなぐ、いつも替らぬまけおしみ、[4]路用続ぐも有難し〱。

十遍舎一九弟子五遍舎半九

又弟子二遍半舎四半九作

其弟子一へん四半舎二半九

1　蓼食う虫、羊、鷹を出して、「物好き」に掛ける。この記述から、作者の意識しているものは十返舎一九の『続膝栗毛』や『方言修行金草鞋《むだじゅぎょうかねのわらじ》』などが考えられるが、東海道〜四国〜木曾街道という道順から、『続膝栗毛』（金比羅、宮島、木曾街道の順）が想定される。

2　『奥州道中記』は大館から弘前までであるが、その後二人は、青森から松前に行く予定であったことを指す。

3　さし合い…差し障り・支障。

4　路用…路銀。

扨《（さて）》もカノ二人は、[5]ゑんやらやつと[6]羽州大館《たで（ママ）》に至る。暮に及で宿屋をさまよひ尋《（たずね）》、煙草屋佐吉と言やどをおしへられ、門口ゟ《（より）》、

弥次「[7]コフ、煙草屋佐吉さんとは、こつちらてありやしかネ」

亭主「[8]ナヱ、爰《（ここ）》て[9]ごんし」

弥二「こつちらは旅籠屋とさしつ《（指図）》ニ預り、尋来やした」

亭主「サ、御邊入《ハイ》被成。[10]コラ、[11]嚊《（かか）》ムシ〳〵、足洗う湯有か」

嚊「[12]あへ〳〵」

と湯を出し、

（嚊）「サ、[13]足子[14]洗てごへせ」

二人は洗足いたし、内に入、みれは、小家なる故手せまの所、奥の間さし図ニ随ひ、行見れは、垢《アカ》じみたる[15]畳八丁敷之所、至而《（いたって）》窮屈《きうくつ》なれは、

北八「[16]一間所へ入込れしと言もんだ」

5　ゑんやらやつと…やっとのことで。

6　羽州大館…出羽国大館（現在の秋田県大館市）。津軽方言で館をタデとも言い、大館をオオタデとも言った（鳴海助一『津軽のことば』）。

7　コフ…こう。おい。ちょっと。江戸語の呼びかけ詞。

8　ナヱ…18ページにも「ナへ」とある。はい。相手の呼びかけに応えることば。ナイとも言う。補注1。

9　ごんし…ございます。ゴンシはゴンス系の津軽方言の敬語助動詞。

10　コラ…おい。津軽方言の呼びかけ詞。人を呼ぶときのことば。補注2。

11　嚊ムシ…おっかさん。ムシは軽い敬意を含んだ接尾辞。

12　あへ…はい。

13　足子…「子」は名詞に付ける接尾辞コ。親愛感や小さいものの意を表す津軽方言。

14　洗てごへせ…洗ってください。ゴエセはゴエス系の津軽方言の敬語助動詞で、〜してください。

15　畳八丁敷…畳は、枚マイ、帖ジョウ、畳ジョウと称するが、チョウというのは津軽方言。

16　一間所…ひとまどころ。柱と柱の間が一つの部屋をいうところから狭い部屋。

1　小くらい…薄暗い。
2　あんま坊の住居所…按摩さんの住まい。この薄暗いところをみると、さしずめ按摩さんの住まいとよめる。
3　ていけいにしてまけてやれ…（文句を言うのも）大概にして勘弁してやれ。
4　膳部…お膳、食事。
5　かへ…くわえる（啣）。原文の右訓「くわへ」は、「かへ」の意味を示している。
6　ひつかへし…ひっくり返し。
7　肝やける…肝焼ける、腹が立つ。津軽方言。
8　口言…くちごと。悪口、非難、愚痴。

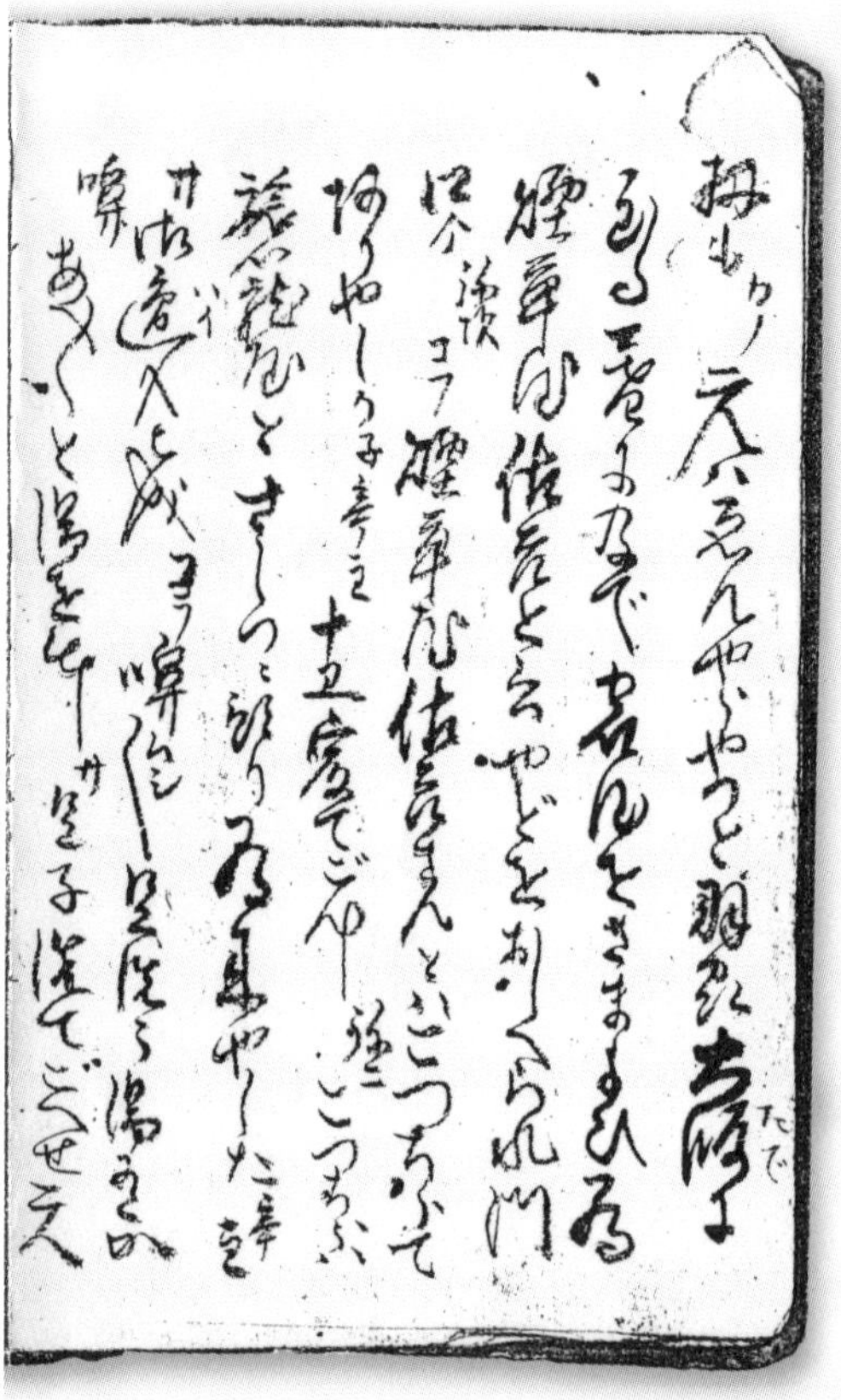

『奥州道中記』原本 部分（弘前市立弘前図書館蔵）

弥次「此[1]小くらひ所を見では、[2]あんま坊の住居《しまひ》所とよめる」
北八「蚤《のみ》はべらぼうに居る。此暑《アッサ》に風は一切入もせねい。宿替《やどかへ》をしよか」
弥次「[3]ていけいにしてまけてやれ。ソレ〳〵北八見よ。おへらへ出シ膳部《せんぶ》[4]を盛《もり》
付て居る。アノ捥《わん》へ盛《も》る黒ひ物はなんじやあろう」
北八「なる程、丸ひ形《なり》りの物。ソレ〳〵、猫かさかなをかへ《くわへ》[5]行」

女房、見付、

（女房）「ヨイホイ、此畜生《ちくしやう》」

と追《ヲイ》かける評子《へうし》に、汁鍋《しるナベ》をひつかへし[6]、猫の行《(ゆくえ)》えはしれす。

女房「ア丶、肝《キモ》[7]やける〱」

と、口言《(くちごと)》[8]なから汁を掃除いたし、亭主に言様、

（女房）「おまへ気[9]を付でゐ《居》れはゐ《能》ひに、[10]なんさもかんさも《なにもかも》気のきかなへ人た」

亭主「猫[11]だばんて口有ね。[12]く《(食)》たかベアね。何ニ、とられた跡《(後)》[13]で物さ[14]べる事アなへ。御客にめしをあけ《(げ)》ろ」

夫ゟ二人へ膳を出し、

弥二「夫は大きに御せ話。時に御酒の仕度御頼た」

女房「当所名物[15]濁《にこり》 酒になしやしか《ナサルカ》、し《(清)》み酒にしゝか《シルカ》」

弥次「おめいか何を言カわからねいか、上酒を御頼た」

彼是《カレコレ》亭主さし図ニ而《(にて)》、程なぐ一銚子持出し、弥二郎盃をとり、

（弥次）「ヲイトよしく」

顔を[16]しわめ、

（弥次）「イヤハヤ酢《す》を呑よふた。是を呑ては、[17]艶《カラタ》はやせてたまらねい」

9　気をつけでゐれはゐひに…気をつけていればよいのに。原文では漢字を添えている。

10　なんさもかんさも…何もかも。右訓は原文のまま。

11　猫だばんて〜…猫だって口があるよ。「ばんて」は助詞バッテと同じ。

12　くたかベアね…食いたかろうに。く（食う）たか（たい）＋ベア（だろう）。

13　跡…跡は後（あと）の宛字。本書ではすべてこの宛字表記。

14　さべる…取られたあとで文句を言うことはない。「さべる」はシャベル（喋）の直音化。

15　濁酒になしやしか、しみ酒にししか…濁酒になさいますか、清酒にしますか。「なしやし」はナサンス（ナサリマスから変化）の方言形。「しか」（終助詞）は丁寧な疑問で、シマスカ、デスカ。補注3。濁り酒を濾して清酒とする。

16　しわめ…皺を寄せる。

17　艶…體（体）の誤り。

女房「爰《コヽ》はしみ酒はわるぐざんし[1]。つかるさ[2]行と、ゑひ《よい》酒かごへそん[3]」
北八「早ク津軽へ行たい」
女房「つかるさ、おまへさまたちアゑ《行》きしか[4]」
弥次「左様〳〵。此所ゟ弘前へ幾里《イクリ》程有やしね」
女（房）「ハイ、十里斗《ばかり》も有そふカ」
弥次「此国と津かるの堺間《サカイアイ》[5]の山はおそろしい所と聞たから、行人あらは同道かしたひ」
宿の亭主、此噺《はなし》を聞、
（亭主）「明日私か参るさかへで[6]、一所ニゑきしよ[7]」
弥次「夫は有かで《ママ》い、幸ひの事。おめい何用て行やしネ」
亭主「私は煙草商売の者。毎月一二度は弘前さゑきましる。煙草屋佐吉と言は、つかるの人、皆おぼへてゐ《イ》る[8]やし」
弥次「夫は奇妙〳〵[9]。明日ゟ道行。三人の[10]御ほうし（報謝）や、一銭二銭の強力《コフリキ》ときめ
佐吉「夫もなくさみになりましる」
夫ゟ佐吉も其夜の内仕度いたし、朝早ク此所を出立。昼に至れは、暑《アツサ》さ故道早《ミツハカ》ど

1　ぐざんし…ございます。ゴザンスの訛。
2　さ…方向を表す東北方言の助詞、へ。
3　ごへそん…ございましょう。ゴエスの推量形。
4　ゑきしか…行きますか。
5　堺間の山…（出羽と津軽の）境にある山。アイは間、境の意。
6　さかへで…理由・原因の接続助詞。ので、から。
7　ゑきしよ…行きましょう。「しょ」は津軽方言敬語シ・スの勧誘形。
8　おぼへてゐる…知っている。
9　奇妙…好都合、いい具合。
10　三人の…三人で互いに助け合いながらの旅としよう。「強力」は合力（金銭や物品を与えて助けること）の宛字。

らすとて□□[11]くて足を早メ、[12]釈迦《しゃか》内と言所ニ至る。雨《アメ》になり、有《(或)》茶屋へ腰をかけ、

　佐吉「幸ひ爰《コヽ》で御小休被成《(おやすみなされ)》。酒子か有か」

と聞は、

　茶屋女「酒子ごへへん[13]。此所小村なれは、取次酒屋あれとも、夏分酒かわる

　　　故、小売なし」

二人りは呑たさあまれとも仕方なし。煙草を呑、菓子の類《るい》を喰ひ居る。見れは、前に[14]諸白と[15]建有板《たてかんばん》あり。弥二郎兵《(ママ)》とりあへす、

　〽[16]さか内と聞てあたりヲ能《(よく)》見れは

　　　建《タテ》かんばんに諸白とあり

是ゟ、雨晴間ニなる。佐吉を安内[17]《(案)》として四十八川[18]と言所ニ至る。弥二郎、如何《(いか)》ニも難渋之躰《(てい)》ニ而《(にて)》

　〽漕渡《コギワタル》る川の数々四十八

　　　[19]実《チツ》にあきたの御堺の山

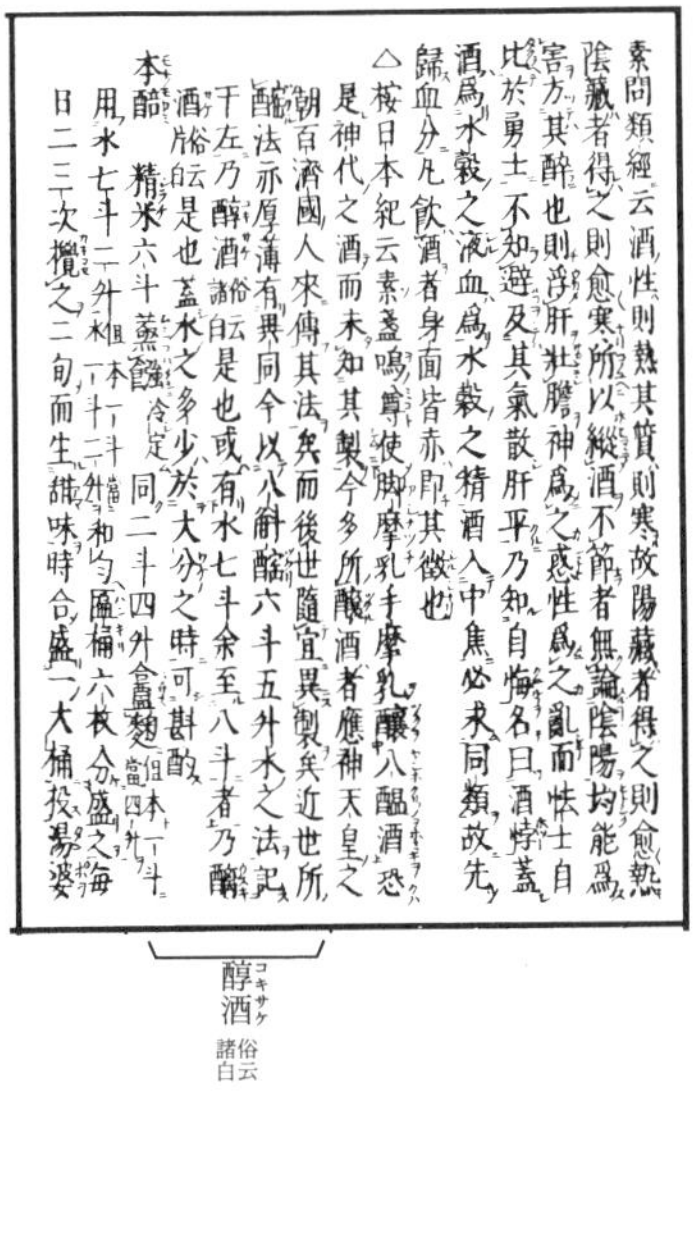
素問類經云酒性則熱其質則寒故陽藏者得之則愈熱
陰藏者得之則愈寒所以縱酒不節者無論陰陽均能爲
害方其醉也則爭肝壯膽神爲之惑性爲之亂而怯士自
比於勇士不知避及其氣散肝平乃知自悔名曰酒悖蓋
酒爲水穀之液血爲水穀之精酒入中焦必求同類故先
歸血分凡飲酒者身面皆赤即其徵也
△按日本紀云素盞嗚尊使脚摩乳手摩乳釀八醞酒恐
是神代之酒而未知其製今多所釀酒者應神天皇之
朝百濟國人來傳其法矣而後世隨宜異製矣近世所
醞法亦厚薄有異同今以八斛醞六斗五升水之法記
于左乃醇酒俗云諸白是也或有水七斗余至八斗者乃醨
酒俗云片白是也蓋水之多少於大分之時可斟酌
本醅　精米六斗蒸饙冷定　同二斗四升合麹但本一斗當四升
用水七斗二升但本一斗當十二升和勻匾桶六枚分盛之每
日二三次攪之二旬而生甜味時合盛一大桶投湯婆

醇酒《コキサケ》俗云諸白

酒造の説明に「諸白」とみえる。寺島良安『和漢三才図会』巻五・造醸類（『和漢三才図会』昭和五一年・第五版、東京美術。一四五七～八ページ）より転載。

11　□□…判読不明。

12　釈迦内…秋田県大館市釈迦内で、当時羽州街道の宿駅だった。

13　ごへへん…ございません。敬語助動詞ゴエスの打消し形。

14　諸白…「もろはく」とは清酒に近い酒。

15　建有板…立て看板。有は看の誤り。

16　さか内と…釈迦内の地名に、「さか内」つまり酒がないを掛けた狂歌。ここを釈迦内《さかない》と聞いて、酒が無いと思ったが、立て看板に諸白と書いてある（酒があるのだ）。

17　安内…安は案とあるべきところ。本書では「案内」はすべて「安内」と表記している。

18　四十八川…能代川の支流下内川が、羽州街道と数十回にわたって交叉するのを言った。補注4。

19　実にあきたの…「あきた」に地名の「秋田」と、（歩くのに難渋して）「飽きた」を掛ける。

夫ゟ出羽津かる。爰に出羽の[1]御番所長走りト言所ニ而、安内佐吉、番所へ出、

(佐吉)「[2]ナへ、私儀つかるさ商内《あきない》に参りましる所、御願申上ましる」

と[3]役銭廿四文出シ、
役人「外の二人りは何れさ通る者《モノ》ともだん」

(佐吉)「此人達は[4]松前さゐぐ《行》人。私と大館から一所ニ来まして[5]ごんしる」

役人「問屋の[6]切手を出さつされ」

弥次「ハイ、是に有やし」

と出し、役人手ニ取り、

(役人)「コリヤ[7]なんだば〱。観世音菩薩《くわんせをんぼさつ》の御札。なんのごつたば」

弥次「夫は不調法仕《(つかまつる)》。是に有まし」

とさし出せば、夫を納メ、津かる番所迠の切手を渡し、一人前廿四銭ツヽ、役銭出し、此所を立。三人噺なから山中を通る。

弥二「佐吉や郎《(野)》はとふした」

北八「なる程。どげへ《どっちへ》[8]けつこんだやら、[9]かけ《(影)》形《なり》は見へねい」

弥次「ヲイ佐吉さん〱。ヱヽウ」

大声あけてさげび付。

1　長走の番所…もと白沢に慶長一六年（一六一一）に番所があったが、寛永八年（一六三一）に長走に移された。現在、「長走御番所跡」がある。
2　ナへ…13ページにも。
3　役銭…関所の通行税。
4　松前…北海道の松前。弥次郎兵衛と北八の二人は松前に行く予定である。
5　ごんしる…ございます。ゴンス系の敬語助動詞。
6　切手…通行手形。
7　なんだば／ごつたば…バは疑問の終助詞。
8　けつこんだやら…はいり込だやら。
9　かけ形は見へねい…影も形もみえない。原文は「形」に「なり」と振っているが「かげなり」という語は未見。ここは単に「形」単独での読みを示したものであろう。

北八「何、佐吉へかまひやしな。おへら[10]斗《（ばかり）》めいりやしやう」
弥次「安《（案）》内なくちやわからねいヨ」
然るに跡《アト》ゟ、
(佐吉)「おふひ〱、弥次様、北八様」
弥次、跡をふり返り、
(弥次)「アノや郎ははく《（ぐ）》れだろうと思たか《（が）》、又追付《ヲイつき》て来た」
程なく走り付。
(佐吉)「やれ〱、[11]漸々《よふ》の情《せい》で[12]歩行《ヲイ付》た」
弥二「おめい、何をして居やした」
佐吉「私、野雪隠[13]ときまりました」
弥次「夫は安産《さん》てお目出たい」
北八「おへらを胡麻[14]の蝿《ハイ》と心得、はぐれたろうと思ふたヨ」
佐《（ママ）》「ハ、、胡麻のはへに付れる程、金を持て道中かしたい」
弥二「佐吉さん、おへらも又胡麻のはい位はしらねいてもねいわい。此所は山中、跡先見ても、人もなし。なんと北八、おれか腰[15]の者《（物）》は代々親ゆつり、[16]来《らい》の太郎国光、今に心見《（試）》もせねい。此一腰どふた〱」

10 おへら斗…俺たちだけで。
11 漸〻の情で…やっとのことで。「情て」は「体・躰」または「態」の誤り。
12 歩行た…追いつく。原文の右訓に「ヲイ付」とあり、「歩行た」の読み方を示し、さらに左訓に「かつ」と記している。現代津軽方言でも、追いつくことをカッグという。
13 野雪隠…野糞。
14 胡麻の蝿…道中の旅人から金品などを盗る者。
15 腰の物…指している刀。
16 来の太郎国光…鎌倉時代から南北朝にかけて活動した刀工、来《らい》派の制作した太刀にかけたもの。

と、鞆《つか》に手をかけ、佐吉は真面《まじめ》ニして、

（佐吉）「貴《キ》様方、其心得ならは、おれも覚悟《カクコ》しる。[1]太刀の心得なへとも、棒《ぼう》は今てもおべ《覚》である。此棒あれは、二人三人は[2]あまさぬ」

と、天秤棒を追取はなし、水車の如ぐ廻しかける。

北八「佐吉さん、あふねい事をしる。弥次さんは、何の、太刀や鑓《(やり)》の心得有物か。来《らい》の太郎も[3]気か強《つよい》。江戸立時に、二朱と百ニ買た[4]赤いわし《(鰯)》爪の皮も[5]六ツケ敷。其[6]どさ者《モノ》で、胡麻の蝿《ハイ》たの、粟《アわ》のはいたの、人にあやまつて、はい〳〵しるか聞て居るわへ」

弥二、[7]へこだまつて、

（弥次）「佐吉さん、あやまつた。御めん〳〵。始《ハシメ》申た通りつかる迠御安内た」

夫ゟ佐吉もきけん直《なほ》り、咄なから山中を通れは、早秋田つかるの堺[8]矢立峠と言て有、其急《キウ》なる事、[9]軽尻馬《カラシリ》も通りかたき程なり。依、此所そろ〳〵と下る。中程に至れは、今朝の雨故に、弥二郎兵衛足元しべり、ころび落たり。北八、佐吉[10]鬩《ヲトロイ》て追付、様子見れは、あをのけになり、

（弥次）「助ケてくれ、〳〵」

北八「弥次さんどふした。命あるか」

---

1 太刀の心得なへとも棒は今てもおべである…剣術の心得はないが、棒術は今でも知っている。
2 あまさぬ…持て余すことなどない。
3 気が強い…厚かましい。強気。
4 赤いわし　爪の皮…赤鰯は赤く錆びた刀のこと。鰯の塩漬けが赤いところから。爪の皮は未詳。
5 六ッケ敷…どうだか、怪しい。
6 どさ者…田舎者。
7 へこだまる…閉口する。ヘコタマルとも言う。補注5。
8 矢立峠…秋田と津軽の藩境の峠。
9 軽尻馬…からしりうま。江戸時代の駄賃馬で客と荷物を乗せる。
10 鬩て…「鬩」はふつうトドロクと読むが、オドロクと読む例もある（西鶴『万の文反故』）。

弥二「[11]命有か《（が）》、金玉か見へぬ」
佐吉「其金玉、[12]なんぼ程めません」
弥二「ヲ、、金玉か有、〳〵。矢の先キか痛《いた》んた。先年[13]下疳《げかん》をやんた所。
ヱ、、いていく〳〵」
北八「仕方ねい。馬も駕もなし。なんとしてよかろう。ソレ〳〵佐吉さんの天評《（秤）》棒《ぼう》へ[14]くゝし付、人里《さと》迠くり出しかよかろう」
弥二「死人であるめいし」
北八「そんならあるきやしか」
弥次「ヲ、サ」
北八「佐吉さん、おめいは両方の耳を以《（もつて）》、あだまを持あけなせ。おれは両方の足をひつばるから」
佐吉「そんだ事でア[15]出来うまへん。おれは腰を把《タキ》あけるはで[16]、おまへは手を[17]ふばれ《（縛）》」
ヱンヤラ〳〵と二人して起《ヲコシ》、弥次、しつくと《（すつくと）》立て、
（弥次）「ヲ、大分いゝ気味になつた。未タ矢の先キか、ずき〳〵痛ム《（ママ）》」
と、そろ〳〵あゆむ。

---

11 命有か金玉か見へぬ…『東海道中膝栗毛』八編下に「金玉がなふなつた。そこらにおちてないか、見て下んせ」などとあり、このエピソードを利用したか。
12 なんぼ程めません…どれ程やっても・どうしても、見えません。「めません」は見えません。
13 下疳…性病の一種で伝染性の潰瘍。
14 くくし付…くくり付け。「くくす」はククル（括）。
15 出来うまへん…できません。
16 はで…～なので。理由を表す津軽方言の接続助詞。
17 ふばれ…しば（縛）れ。フバルはシバルの津軽方言であるが、大館の佐吉が使っているところから、近世北秋田方言でもあるか。

北八「こふもあろうか」

〽[1]是迄は無理な矢を射《イ》る弥二郎兵衛
　矢立峠て矢を損じたり

佐吉「出来だじよ〳〵」

弥二「べらほふめ。面白《ヲモシロ》クもねい狂哥、聞たくもねい。痛《(ママ)》てあるかれねいヨ」

佐吉「今ばんは[2]關《セキ》の湯にはへるとじきになほるは」

何ケと噺の内に、[3]津かるの中の番所と言所に来り、兼而《(かねて)》佐吉申合の事なれ共、又々弥二郎へ如此答べき趣さゝやき、佐吉は先き廻り、

(佐吉)「私、大館の煙草屋佐吉。弘前表取引に付、[4]土手町の能《の》見や多助方さ泊る者ニ候」

役人「長走りの切手を持参か」

(佐吉)「ナヱ、是也」

と出し、手ニとり、又帰《(返)》し、

(役人)「跡の二人は何れへ通る、何れの者」

弥次「私とも等、江戸神田八丁堀[5]とつめんや弥次郎兵衛、家来北八、惣して二人、[6]松前表取引の者。長走り之切手是なり」

1　是迄は…これまでは無理して矢を射てきた弥次郎兵衛だったが、矢立峠では矢を射損じた。矢立峠と矢を掛ける。矢は男性のシンボルの隠語。

2　関の湯…碇ヶ関の温泉。この言い方は現在でも使うが、当時から「関の湯」と呼ばれていたことがわかる。

3　津軽の中の番所…碇ヶ関の番所は、3つの番所から成り、秋田側から行くと、上の番所、中の番所、大番所となっていた。中の番所を折橋御番所と言う。

4　土手町の能見や多助…具体的には未詳。

5　とつめんや弥次郎兵衛、家来北八…『東海道中膝栗毛』では弥次郎兵衛の屋号を「栃面屋」と言い、その居候を「喜多八」としている。栃面屋とは、とちめんぼうを振ってあわてふためくの意。

6　松前…弥次郎兵衛と北八は松前に行く予定であった。

と出し、是も改而返し、夫ゟ此番所を通り過れは、佐吉ははるかニして、片ゑ《(かたえ)》の石に腰をかけ、煙草を吹付[7]居る。二人は餞《ソハ》近クして、

弥二「佐吉さん大きに御待受。関迠は一りも有《アリ》[8]やしか」

佐吉「もしこんしたん。モ十丁斗りも有そんでア」

北八「其番所越しなら、直ニ弘前だろ」

佐吉「其御関所から弘前さ七里ある。今にや《こんばん》[9]関さ泊《トマ》りに成[10]ましん」

北八「其番所で旅籠屋もしやしか」

佐吉「碇ヶ関と言て町家か有。宿屋何軒もある」

彼《カレ》是の間ニ頓而《(やがて)》御関所ノ御門、并尺立《(柵)》[11]抔見ゆれは、

北八「やゝ。つかる様の御堀添[12]か見へる」

弥二「やかましい。やみな[13]事言まひ。是は御関《セキ》所てあろ。箱根同様六ッケ敷[14]所た」

と言なから、御関《セキ》所近クなれは、

佐「私兼而噺しる通り、御関《セキ》所之役方、知合之人有。先キニ行ておまへ方の事迠も御断申上ましはで[15]、跡ゟそろ〳〵ごんせ[16]」

とて、先キニ走り行。二人りはそろ〳〵門を通り、見れは、御餝《カサリ》道具見へ、段々

7　吹付…煙草はスイッケルと言うので、漢字は「吸」が正しい。

8　有そんでア…ありそうだ。

9　今にや…コンニャ。今夜の訛で、今晩の方言。原文にわざわざ「こんばん」と振ってあるのは、読み手にわかりにくいと考えたゆえの著者の注記であろう。

10　成ましん…なりましょう。なるでしょう。

11　尺立…柵立て。関所を囲む柵。

12　堀添…堀沿い。碇ヶ関は要害堀があったので、その堀に沿っている所。

13　やみな…むやみな、やたらな。津軽方言。江戸語であればヤミト。

14　六ッケ敷…厳しい、厳重な。

15　はで…から、ので。理由を表す津軽方言。

16　ごんせ…いらっしゃってください。ゴンスの命令形。

下れは、十余丈の構《カマヘ》。御役方袴《ハカマ》、拝織《ハヲリ》ニ而八人并居揃《(いそろい)》、一段高キ所ニ御奉行様。其外は、下司《ツカサ》小者《モノ》供《(共)》迠十余人。御餝《カサリ》物は弓《ユミ》、鉄炮《テッホフ》、鎗《ヤリ》、棒、大秤《ハカリ》、中秤、大〆目[1]《(しめ)》、御定りの三本道具、鎌、鎗《ヤリ》、[2]素《シ》鎗とみたる御締《シマリ》り。佐吉ははるか脇《ワキ》ニ寄、白砂に仕居[3]《シワリ》、二人も其傍《ソバ》ニ居り、畏《カシコマル》。此時、馬六七匹ゟ荷物ヲおろし、〆目改取込なり。其秤の内、大の〆目を北八見で、

（北八）「弥次さん、アノ大きな秤は、[4]仙台様高尾身請《ミウケ》之時、小刻《(判)》を分銅ニして用得たと言事たか、あの位の秤てあろうか」

佐吉「やかましい〲。噺《ハナシ》かされなへ」

弥二「佐吉さん、おれか糞《くそ》か出るよふて大変《ヘン》だ」

北八「どふりくさい。おめい、[5]ぶつしらへをたれたろ。へんちきな人た」

佐「声《コヘ》か高へ。はなしかされなへ」

と言に、

弥二「モウ尻《シリ》から出る斗」

佐「今しこし[6]待《まつ》んせ」

然るに、中程居る役人、

（役人）「其三人之者は是へ出ろ」

1　〆目…重さを秤る衡の一種であろう。この後に「大の〆目」とあり、これを「アノ大きな秤」と言っている。

2　素鎗…穂先の真っ直ぐな槍。

3　仕居る…すわる（座）。

4　仙台様〜…仙台藩主伊達宗綱が高尾太夫を身請けした時、太夫の体重と同じ重さの小判で身請けしたという話。

5　ぶつしらへ…黙っているさまを表す方言として、ブスラ（青森県上北郡）があるが、これと関連ある語と思われる。へは屁なので、すかし屁の意。

6　待んせ…マタンセ（待ってください）とあるべきところ。右訓の「まつ」は「待」単独での読みを振ったもの。

（三人）「ヘイ」

ト答《コタヘ》で、役人の前へ畏《カシコマル》。

　役人「手前とも、何れゟ何れニ通《とふ》る者なり」

其時、下司来り、

（下司）「此内一人、是成は、大館の商人煙草商売、度々出入の者。紛敷者《マキラシキ》[7]に
　無之候」

と申上る。

　役人「跡の二人は何れの者也」

　弥次「私共、江戸神田八丁堀とつめんや弥次郎兵衛、是成は家来北八。長走り
　の切手ゟ未タ雪隠へ不参、何ともこたへられん」

　役人「長走りの切手持参か」

　弥「是なり」

　役「何れへ通る者成」

　弥「松前表取引の者。早ク雪隠へ参りたへ者てこさりまし」

と出し、
又、ぶつしら[8]をぬかし、其匂ひ言語道断。役方もめんどふなれは、少し斗りの言葉

7　紛敷者…怪しい者。著者が振っている読み、マギラシキは、「まぎらしい」という語の初出例となる。

8　ぶつしら…5と同じ。

の誤《アヤマリ》聞ぬよふなり。

下司「[1]御役出して早《ハヤ》通れ。此や郎めら、[2]おつつぬかしたと見へで、[3]めたくたに

くさへ[4]口言也」

三人は御役銭を出し、此場を去り村へ出て、先、弥二郎兵衛は用便を達し、笑なから、たとり行しか、日も暮近《クレチカ》ク成故ニ、佐吉か知合の宿に至り、

佐吉「又来てやおか《（嬶）》」

（かか）「ヲヤ佐吉様、[5]めつたにはやへ」

佐吉「今《こん》にや三人だん」

かゝ「皆様[6]ごでやぎ《御大儀》でごゑし。[7]まかねや、ほこして湯さへやてごへへ」

弥次「此荷物をそつちへやつてくれ」

佐「北八様、おまへまかなへ解《トキ》なされ」

夫ゟ三人湯ニ行。此所温泉《ワキユ》場故、入込なれは、色々洒落《しやれ》あれとも略《りやく》し《（ママ）》、宿に返《（帰）》り、見れは奥の間ニ三人前膳直し置。

弥次「おつかさん、能《（よい）》酒に何か肴を出しなせい」

かゝ「ハヱ〱」

と言て、頓而《（やがて）》[8]砂鉢井《（丼）》、煮附物出し、然るに十七、八の嶋田髪、銚子を持出る。其

---

1 御役…役銭、関所の通行税。
2 おつつぬかした…おっつ抜かす。放屁する。
3 めたくたに…滅茶苦茶に。
4 口言…愚痴。口言は、47ページにもあり。
5 めつたに…滅多に。大変・非常に。
6 ごでやぎ…原文で、右に振り漢字があるように御大義の意で、ねぎらいの詞。
7 まかねや、ほこして、湯さへやてごへへ…マカナイ。旅支度。ホゴス。解く。湯に入っていらっしゃい。「へやて」入って。「ごへへ」は敬語助動詞ゴエスの命令形。
8 砂鉢丼…浅く大きい鉢、どんぶり鉢。皿鉢とも書く。
9 背ト前…背中（後）と前。

衣るいを見れば、麻布《アサヌノ》紺ニ染、コレ[9]脊(背)ト前[10]登りかけて、白木綿糸ニ而[11]ゑぞぬひもよふ、いろ〳〵美《うつ》くしぐ着附。此国昔ゟの流行ニ是を上ニ着し、下ニ花染の襦伴《しゅばん》(襦袢)、裾《しそ》は襦半共[12]かゝみゟ三寸位下り、其下タゟ木綿絞り[13]いもじ着物ゟ長クさけ、[14]紺かすりのまへかけ、紐は[15]地白染の大相様《もよふ》、福《はば》(幅)二寸位ニして、帯は〆(しめ)じ、[16]袋真田のたしき(襷)かたにかけ、

女「サ、[17]ちきせてあ」

ト[18]銚子《ちよし》を[19]延《のべ》る。弥次、盃《サカチキ》を取て、

(弥次)「おつと[20]有間山。いゝ酒た。水くさい。肴《サカナ》はなんた」。

砂鉢ヲ寄せて、

(弥次)「姉さん、是はなんと言肴ぢや」

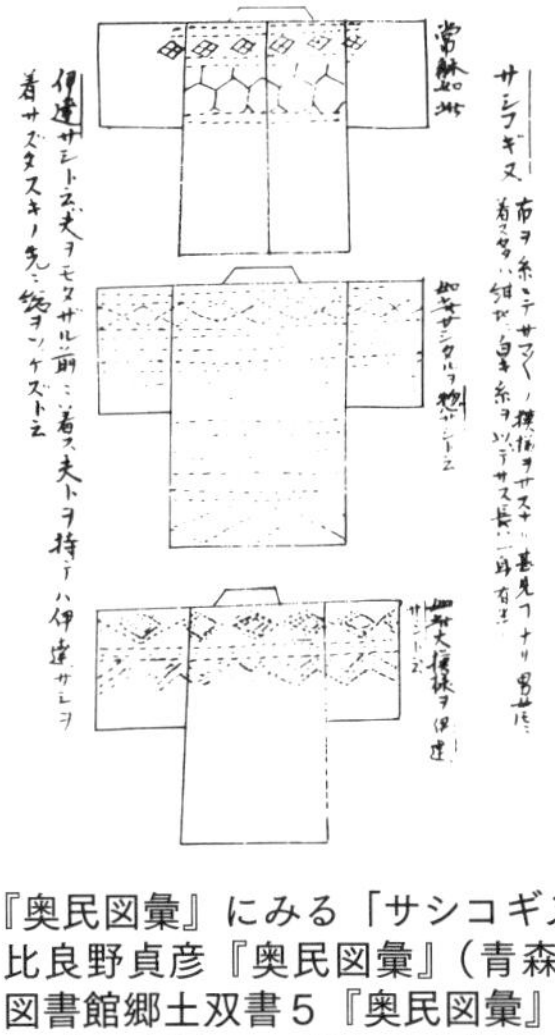

『奥民図彙』にみる「サシコギヌ」
比良野貞彦『奥民図彙』(青森県立図書館郷土双書5『奥民図彙』昭和48年。124ページ)より転載。

10 登り…着物の「おくみ」(衽)をいう津軽方言。

11 ゑぞぬひもよふ…蝦夷縫い模様。現代のこぎん刺しの模様の類い。

12 かゝみ…ヒカガミ、ヒッカガミ(膕)のことか。ふくらはぎの下。膝裏。

13 いもじ…湯文字(腰巻)の音変化。

14 紺かすりのまへかけ…紺地に白い絣模様の織物で作った前掛け。

15 地白…地白とは、白木綿に模様を付けたもの。補注6。

16 袋真田…真田織で、袋状に織っている襷。

17 ちきせてあ…おつぎしますよ。注ギ・セ・デァ。

18 銚子…「ちよ」チョウの短音化。長音の短音化は津軽方言ではよくみられる。

19 延(のべ)る…ノベルは差し出す・渡すの津軽方言。

20 有馬山…有馬温泉付近の山で、古来有名な歌枕。この「有」に掛けて、(盃が)有ると受けた。

女「ソリヤかちかゑし[1]。かちかさ[2]、玉子かけたのてごへそ」
弥「何、かちかさ。聞た事もねい。喰て見よか。ヲヽかちかさの玉子かけ、むめい〳〵」
佐吉「是は此川からとれる名物のかちかなるべん」
北八「江戸 鯲《どぢやう》ゟどふたろ」
と喰《くら》ひ、
（北八）「なんと、むめい〳〵。所の名物ならは、姉さん、おめいもむまかろふ。サ一ツ呑なせい」
女「われ《私》だけ[3]、ちつとも呑たくなへ」
北八「呑ねい迠も、おれか盃を受なせい」
女「そたら《ソンナラ》、ちと《少、》呑ワ」
と言て、自分して手さく[4]をやると、
佐吉「おれかちんてやる[5]」
とて、銚子をとらんとしる。女はやらじ。二人は取ちかみはなさじ。北八、其もめ《（揉）》合、言葉使のおかしさ見とれ居る内、弥二郎、砂鉢のかちかを無双に〆ちける[6]。
佐「姉子、其盃を北八様さ御返盃《へんぱい》」

1　かちか　ゑし…川魚のカジカ（鰍）。エス・エシ、～でございます。津軽方言の敬語助動詞。
2　かちかさ、玉子かけたのてごへそ…かじかに卵をかけたのでございましょう。「ごへそ」は敬語助動詞ゴエスの推量形。
3　われだけ…わたしなんか、ダケは限定の副助詞。
4　手さく…手酌。テサクのサは、酌シャクの頭音シャの直音化。
5　ちんてやる…（酒を）注《つ》いでやる。
6　無双に　〆ちける…無双は無性。「むしょう（無性）」の直音化。むしょう（無性）に、とても。

女「おら、しらなへ。爰《こゝ》さ置」
と言て、かちか入たる砂鉢の明間《(空)》へ置。
北八「ヤ、、かちかさのべらぼふに不足ニなつた。弥次さん、おめいくらつた」
弥二「べらぼふめ。なぜおいらかしる者か」
北八「しらぬも気かつゑひ[7]。好《しき》な物か有」
と[8]明俵へ団子《たんこ》を入る様なふふ《(風)》をしなから、
弥次「其だん子て思ひちいた。てめい、小田原の宿で小喰《(乞食)》のたん子をくらつたじやねいか」
北八「そんな古《フロ》き[9]棚《たな》卸はいらぬ者《(物)》。かちかさの不足はおめい喰たに相違なし。真直に白丈《(状)》」
佐「ソリヤみんなして喰たはて、仕方《カタ》なし。此盃姉子か弥二郎様さあけたのた。さゝ弥二郎様」
ト盃を前ニ置。
弥二「イヤ姉子か直渡《(じかわた)》しならは、申受べし」
北八「弥次さん、かちかさは、おめい喰たに相違有まじ」

7 気かつゑひ…厚かましい。
8 明俵へ団子を入る…この比喩、用例未見。この部分、文脈上文意不明。補注7。
9 棚卸…人の失敗をあげつらうこと。

抔《ナト》と二人の大論《ロン》なり。佐吉は、其わけ此筈と色々中作[1]《（籌策）》を入とも、聞入なぐ、喰たの喰じとの論故、佐吉も仕様なき所へ、勝手ゟ「おさち[2]〳〵」と呼。

（さち）「アイ〳〵」

とおさちは行。間もなぐ、吸物持出る。

（さち）「サ吸物くひへ」

と三人前出し、

弥次「なんじやあろう」

と蓋《ふた》をとり、

（三人）「むめい。ゑひ塩梅《アンばい》。コリヤ[3]かちかさの吸物た。けやつか一番の出来物」

と三人悦、又々呑始る。

（三人）「姉子酌《しやく》を頼。おつと、[4]よしこの〳〵」

佐吉「今聞は、おさつ子と言ナ。うた子壱ツうたへ」

弥次北八「ヲヽ、うたへ〳〵」

さつ「わ[5]《ワタシ》、うたしりへんでア」

佐「なんでもゑはで、やれ〳〵」

---

1 中作…仲裁、仲介。「中作」は籌策の宛字。
2 おさち…宿の女中、さち。
3 かちかさの吸物た。けやつか一番の出来物…かじかの吸物だ。こいつが一番の旨い物だ。「けやつ」は「こいつ（此奴）」。
4 よしこのよしこの…江戸時代後期に流行った俗謡「よしこの節」の囃子詞と「よしよし」を掛けて酌を受けた。
5 わうたしりへんでア…私、歌を知らないわ。

さつ「[6]わ《私》、ちつかと、うだだば何もしらなへ」

佐「[7]ゑ《能》やんね。なんでもやれ〱」

おさつ、まじめに成。

〽[8]アレ〱見さんせ沖《ヲキ》の舟　綾《アヤ》と錦《にしき》の片あけで万《ヨロジ》の宝を績《(積)》込て　おらほの浜さ

入込だ　このたんぼさんや　〱」

弥次、北八、腹をかゝへ、大笑。

(弥次、北八)「アハヽ〱〱、ヲホヽ〱〱」

弥次「大へん腹いでい。姉子さん、上手〱、奇妙。爰一ツうたいたまへ」

さつ「おまへたちア、[9]あんまり笑はで、おらだけや、うだゝくなア」

佐吉「今流行《ハヤリ》一ツやれ」

〽[10]今年の世の中万作で　小豆《あつげ》もさゝぎ《大角豆》も《能》ゆくできた　中にも出来たるはつけ豆

此たんぼさんや〱

〽女と噺をしる時は　おかしな所さ気か廻る　此たアんほさんや　〱」

二人は、

(弥次、北八)「アヱハヽ〱、ヲホヽ〱、たんぼさんや〱」

二人は、

6　わ　ちつかと、うだだば何もしらなへ…私、全然、歌なんか何も知らない。ちつか…スッカド　すっかり。全部。ことごとく。だば…ナラバ（仮定の助詞）。

7　ゑやんね、なんでもやれやれ…いいから、何でもやれ。

8　アレアレ見さんせ沖の舟…当時流行した俗謡の一つ。「片」（形）とは「絵柄、模様」の意の津軽方言。補注8。

9　あんまり笑はで。おらだけや。うだだくなア…あんまり笑うから、わたし、歌いたくないわ。

10　今年の世の中…今年は豊年満作で、小豆も大角豆も良くできた。中でもできた「はつけ豆」。この語は諸辞書に未見。「はじけ豆」（弾け豆、そら豆の異名）の訛で津軽方言か。

（弥次、北八）「アハヽ　ぎう[1]く　ぐやんく　ぎうく」
弥二郎は笑たおれ、ね入ふし、其夜は三人ともめしも喰じ。一宿を明し、翌《ヨク》朝は早ク起《ヲキ》て、夫々仕度調《（ととのえ）》、此所を立。道し《（すがら）》から、
弥二「夕阝《ゆうべ》のうたには、珍らら《（ママ）》い事。生れ落て初メて聞た」
北八「なんた、アノはやし方はなんと言やしのた。さつはりわからねい」
佐吉「アレカ。みんなわかつていんまし[2]」
弥二「神武《じんむ》[3]以来、アノ様に笑た事もねい。未タ腹か痛《（痛）》み、歩行《アリキ》に不自由《ナラシ》。馬なり犬なりのりていもんた」
と噺なから、左は并《（並）》木松、右は大川、矢《ヤ》を射《イ》る如し。川の向側《ムカイカワハ（ママ）》にあみを入る人を見て、
北八「佐吉さん、アレハ何をしる仕方。半産[4]しる女の腰使と言もんた」
佐吉「あれは夕阝《ゆうべ》喰たかちかとるのた」
北八「おれも行かん。晩《バン》の宿て酒のさかな」
弥二「向迠渡る時、川流レしるたろう」
北八「おめいなら流るゝ者《モノ》か。度度は質を流しから」
佐吉「ハヽ、おまへだちも質《しつ》を置か」

1　ぎうぎう、ぐやんぐやん…笑いを表すオノマトペ。
2　いんまし…イマスの方言形「いまし」に撥音ンが挿入されたもの。
3　神武以来…これまでにないことを大袈裟に言ったもの。
4　半産…流産。
5　江戸に居ると質置頭たは…江戸では、いちばん質種を預ける人物だと、おおげさに表現したもの。
6　ふんまたがり…跨がって。踏み跨がる。
7　太夫様…神主。津軽では神職を太夫と称した。
8　旦那様…武士、侍。津軽では武士を旦那様と称した。
9　ごゐしか…ございますか。ゴエス系。13ページ注14参照。

北八「弥次さん、[5]江戸に居ると質《しっ》置頭たは」

弥二「又うそを言。大べらぼふめ」

時に向ゟ来る者、馬に[6]ふんまたかりなから、大声ニ而、

(馬方)「おまへは[7]太夫様でごゑしか、[8]旦那《タンナ》様でご[9]へしか」

佐吉「旦那様でや。おりろ〳〵」

三四人の馬方共、皆《みな》下り、

弥二「佐吉さん、何《ナニ》言なしのさ」

佐「アレは、[10]待《(侍)》礼だば馬からおり、[11]神主だば御めんもらい、馬かり《ヨリ》おりぬと言

事」

弥二「ハヽ、おへらを侍と[12]仕捽た。面白し〳〵」

夫ゟ行違て、馬方はるか向《跡》に居で、

(馬方)「[13]似せ《(偽)》待《(侍)》たでや。やヽそんした〳〵」

弥二「馬鹿言まい。おれは[14]本間の の《(衍字)》侍た。[15]のり打なら真二ツニしてやるぞ」

ハルカ向に居で、

(馬方)「[16]一本着《(差)》の侍、見た事なへ。[17]あたむし待《(侍)》に刀《カタナ》かなへ。ヲヤおかし」

北八「なぜ其様にしるヲたまつて居る。三人かヽつて川へはりとばしてやら

---

10 侍礼…道で武士と行き違う場合、下馬する礼法。

11 神主だば、御めんもらい…神主なら、お許しをいただく。

12 仕捽た…「見損じた・見誤った」の意であろう。

13 似せ侍たでや…偽侍だなあ。「たであ」はダデァ。

14 本間…ほんま。ほんとうの。

15 のり打…乗打。馬、駕籠など、乗物から下りないでそのまま通り過ぎること。下乗の礼を欠くこと。貴人や長上の前、あるいは皇族の邸や神社の前を通過する時は、いったん馬、駕籠から下りて会釈するのが習わしであった。補注9。

16 一本着の侍…「着」は「差」の誤りで、一本差のこと。武士であったら、大小二本差しているところ、一本だけだったので不審に思った。

17 あたむし…惜しいことに。アッタラムシとも。アッタラは「惜ら」、ムシは文末で念押しや強調を表す終助詞。

ん」

弥二「たまれ、〳〵。つかる者は、[1]ちくとはなれねい膠のよふたと言たとへ（譬）」

佐吉「実にそふでごへし。おれも弘前[2]さちら《数自由》（ママ）と行者たか、[3]けんくわだけしる人の噺を聞に、[4]三日も四日も五日も七日も十日もかゝり、其けんくわ、[5]にしらなへと言。[6]うたでい事た」

北八「ソリヤおもしろい。津軽へ行なら、[7]けんかをしかけで見よか」

抔と、かれ是行過るに、[8]古掛村か見へる。

弥次「アノ所は宿場か」

佐吉「イヤ[9]ナンノゴッタバ。あれは古かけと言所。当国の高（荒）神様、[10]不勤（動明）妙王、[11]当国五山の内、寺も有」

北八「ナント参詣にめいりやしやう」

佐吉「御宮迄は大分[12]とぐへ」

弥次「遠いならやめにしやし」

弥次「一首よめた

[13]〽金銭の　かし方ならぬ此所　古《フル》かけ一切　うこかじ　とよむ」

1　つかる者は、ちくと…チクトはふつう「少し・ちょっと」の意なので、このままでは文脈に合わない。チクトモのモ脱か。津軽者は、ちっとも離れない膠のようだ、という喩え（のとおりだ）、という表現になる。

2　ちらと…始終、しょっちゅう。津軽方言で、チラト、ジラト、ジラットともいう。

3　けんくわだけしる人…喧嘩ばかりする人。ダケは限定の助詞。

4　三日も四日も〜〜…けんかばかりする人の話を聞くと三日も四日も〜〜〜かかる。

5　にしらなへ…争いの決着がつかない。ニシルは（争いごとなどの）決着がつくこと。補注10。

6　うたてい…情けない、嘆かわしい。ウタテともいう。津軽方言。

7　けんかをしかけで見よか…喧嘩を仕掛けてみようか。

8　古掛村…古懸村と書くのがふつう。

9　ナンノゴッタバ…何のことだ。

10　高神様不勤妙王…不勤妙王は

北八「面白し〳〵」

是ゟ長峯の村を越、続《つゝき》て九十九森《(くじゅうくもり)》と言所ニ至る。

弥二郎兵衛、

〽此辺[14]は　御不勤《どふ》様の　御利益で　九拾九迠も　命長峯」

佐吉「面白し。出来物たん〳〵」

弥二「モフ御休所の看板《カンハン》か有そふな物。とふやら咽喉《ノント》か干てあるかれん」

北八「のんと渇《カワキ》なら下の川へ行、水呑なせい」

弥二「べらほふめ、水の事じやねい」

北八「そんなら湯か」

弥二「イヤ〳〵」

北「茶か」

(弥二)「イヤ」

北八「ソレ、馬の小便か溜[15]《タマ》り有。呑なせい」

弥次「べらほふめ、外ニ呑物はねいじやあんめいし」

不動明王。古懸山不動院国上寺。

11　当国五山…寛永三年(一六二六)、弘前藩二代藩主信枚《のぶひら》が定めた津軽真言五山。金剛山最勝院、岩木山百澤寺、古懸山国上寺、愛宕山橋雲寺、護国山久渡寺。

12　とぐへ…遠い。津軽方言。

13　金銭のかし方ならぬ此所古かけ一切うこかじ…古懸山不動院に掛けて、古い掛け(借金)は、不動(動かない、変わらない)。

14　此辺は御不勤様の御利益で九十九迄も命長峰…九十九森と長峰と組み込んで詠んだ狂歌。

15　溜り有…(馬の小便が)たんまりある。沢山ある。「たまっている」と「たんまりある」とを掛ける。

佐「ヲヽ、呑込たん。[1]此近所ニ御休所だんの言看板は上方と違《つかい》てなへぞ。おれかおぼへある向の家《いへ》だ。[2]あこの内《(家)》さ行て、濁《にこり》（酒《さけ》）呑せる《御地走》」

と言て、[3]大分の家ニ行《ユキ》、

佐吉「[4]ばゝさま、どしました」

ばゝ「ヲヤ、大館《たて》の兄《あん》さま、御太《(大)》儀てごへし」

佐吉「ばさま、にこり酒子[5]かけでけへんが」

ばゝ「アヽ」

と言て、たしきかけ、[6]桶曲用意《ヲケハツヨフイ》いたし。

ばゝ「[7]左之助ア、まや《馬屋》の口からじやる《ざる》もてこい。[8]はやくよしや」

左之助「[9]ばゝやへ、[10]まや屋《馬屋(衍字)》の口に[11]なやでやア」

ばゝ「[12]ムにや、までね見ろでや。[13]はく《ハヤク》もてこへ」

頓而ざるもきたれは、酒をこし《(濾)》たで、

ばゝ「[14]いそへでこしたけや、粕アまじやたもしるまへんのア。かん《(燗)》こしてやましか」

佐吉「ばさま、はやぐや」

ばゝは居爐《イロ》りをほり、松葉を焼《タキ》、頓而酒と茶わん三ツ添出し、

1　此近所に～～上方と違てなへぞ…この近所には「御休所」などという看板は上方と違って無いぞ。
2　あこ…あそこ。
3　大分の家…大分はダイブンと読む。金持ち、富裕。
4　ばゝさま　どしました…佐吉の知り合いの婆。「どしました」は、訪問時の挨拶のことば。一般のドウシマシタカ・ドウシタカと訊ねる表現ではない。
5　かけでけへんが…掛けてくれないか。濁酒を火に掛けること。
6　桶曲…原文右訓にヲケハツとあるが、この語未見。
7　左之助…婆の息子または孫。
8　はやくよしや…早くしなさい。はやく、用を、しなさいよ。
9　ばゝやへ…婆やい。ヤエは呼びかけ。
10　まや屋…馬屋をマヤという。原文の屋は衍字。
11　なやでや…無いよ。「なや」はナイ、「でや」はデァ。
12　ムにや　までね見ろでや…いいや、ちゃんと見なよ。「ムに

や」は否定の応答詞。ンニャとも。「までね」は津軽方言のマデニ（丁寧に）、「見ろでや」は見ロ・デア。
13　はくもてこへ…早く持って来い。
14　いそへでこしたけや…急いで濾したので、酒粕が混ざったかもしれませんよ。お燗をしてやりましょうか。「けや」は津軽方言の強調の助詞キャ。「こ」は指小辞。
15　こへへんのや…ございませんよ。ゴエヘン、ゴエセン。
16　身かけにしん…みがき鰊。身欠き鰊。43ページ参照。
17　春慶塗の曲物…春慶塗とは、和泉国（大阪）の漆職人・春慶が創めた漆塗りの技法。

（ばゞ）「肴何も[15]こへへんのや」
佐吉「なんてもゑいはで、肴《サカナ》だしへ」
ばゞは「アヽ」と言て、[16]身かけにしんと外ニ、[17]春慶ぬりの曲物《まけもの》へ青物を漬たるを入出し、
佐吉「弥二郎様、御初メ被成《おはじめなされ》」

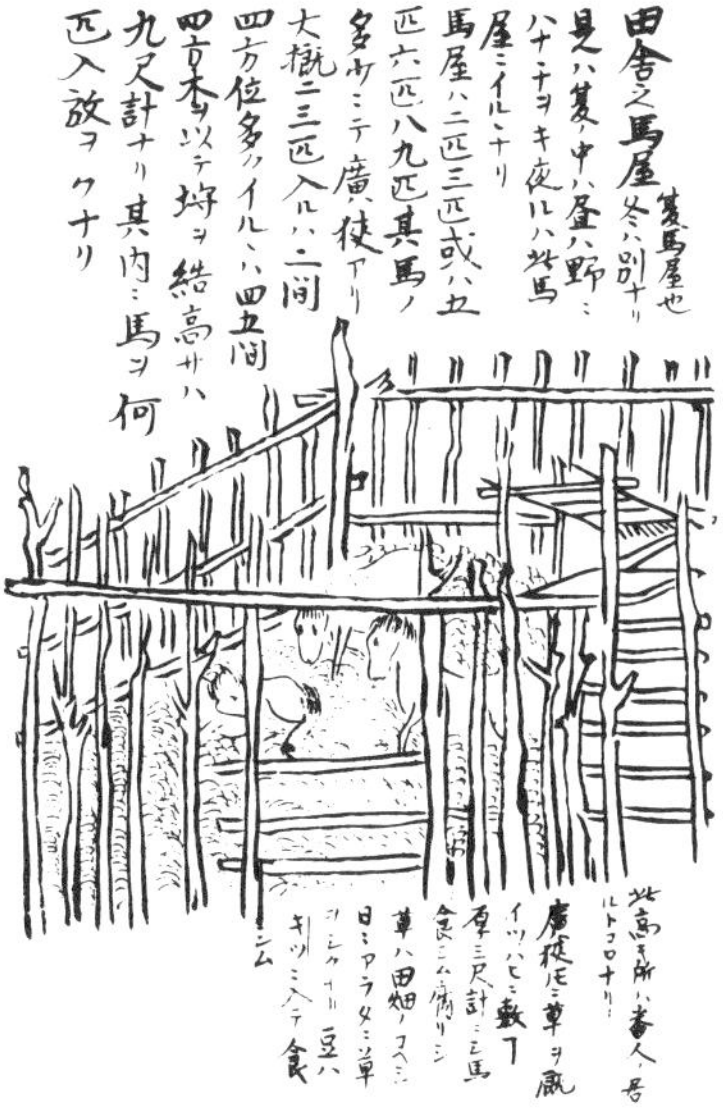

『奥民図彙』にみる「田舎之馬屋」
比良野貞彦『奥民図彙』（青森県立図書館郷土双書五『奥民図彙』昭和四八年。四五ページ）より転載。

弥二「御地走《(馳走)》ならいたゝぎやそふ。おふく[1]太田道貫《とふくわん》た。ム、、渋ひよふで味《ムマ》ひ。[2]十三四のわり初メと言もんだ」
佐吉「北八様、[3]ぬたり《ヨタレ》か出まそふ。おまへに大キめの茶碗で、[4]さ、ちかんせ」
北八「[5]とゝ、ありやしく。あわ《(泡)》か立て[6]雪隠のもろ身と見へる。ヱ、あついく。さかなは[7]松前様の御小納戸《(おこなんど)》其侭とはありかでい」
弥次「佐吉さん、[8]其丸曲ヲよせでくんな。是はなんじや、いゝあんばい。北八やつてみな」
佐「夫は当所名物[9]みじ漬」
弥次、北八、「結構なる」とて、[10]無双に〆る。酒も四五度かけかへ、みじ漬も度く出し、
弥「ばアさん、みじ漬を有丈出シなされ」
ばゝ「[11]みじだば、なんだばて、めつたに喰もナア、是ばれ《斗り》にな《成》ました」
と言て、黒ク垢《アカ》しみたる桶をいたし、
弥二「ばアさん、是切か。なさけねい事をした」
北八「おめい斗喰てたまる物か。こつちへも[12]おごしく」
佐吉「多ク喰と腹下シましぞ。[13]何もヲラしらな事た」

1 太田道灌たムゝ渋ひよふで味ひ…「三貫清水《さんがんしみず》」の逸話を踏まえたセリフ。さいたま市北区奈良町（旧鎌倉街道）に伝わる道灌伝説。補注11。
2 十三四のわり初メ…十三、四歳の乙女。
3 ぬたり…右訓にヨタレとある。原文の「ぬ」は「ゆ」の誤記と考えられるので、「ゆたり」となりヨダレの方言となる。
4 さちかんせ…さあ、注ぎましょう。「ちかんせ」は注《つ》グ＋ンス（ナサンスの変化。軽い尊敬）。
5 とゝありやし…「とと」は「おっとっと」。盃に酒がいっぱいです。
6 雪隠のもろ身…便所の小便が泡だって日本酒のもろみ（醪）のように見えるということ。もろ身は醪・諸味。日本酒の醸造過程で、発酵が済み、まだ濾していない状態のもの。
7 松前様の御小納戸…小納戸（こなんど）は、殿様の諸事・雑務、食事などを掌る者。松前様

（肴の身欠鰊）を用意してくれるなど傍で面倒を見てくれること。

8　丸曲…「丸曲」はふつうマルマゲ・マルワゲと読み、髪の形・髷をいうが、ここでは器の一種「曲物」（マゲモノ・ワゲモノ）をいうのであろう。

9　みじ漬…ミズの漬物。

10　無双に〆る…無双は無性。「むしょう（無性）」の直音化。「しめる」は食べる、食べてしまう。

11　みじだばなんだばて、…みずというと何でも、やたらに食べるもんだから、これだけになりましたよ。「ばれ」はバリとも言い、ダケの意。

12　おごし…寄こして。

13　何もヲラしらな事た…（どうなろうと）おれは何も知らないよ。

二人はいさゐかまわじ、やだらに、やり付る。

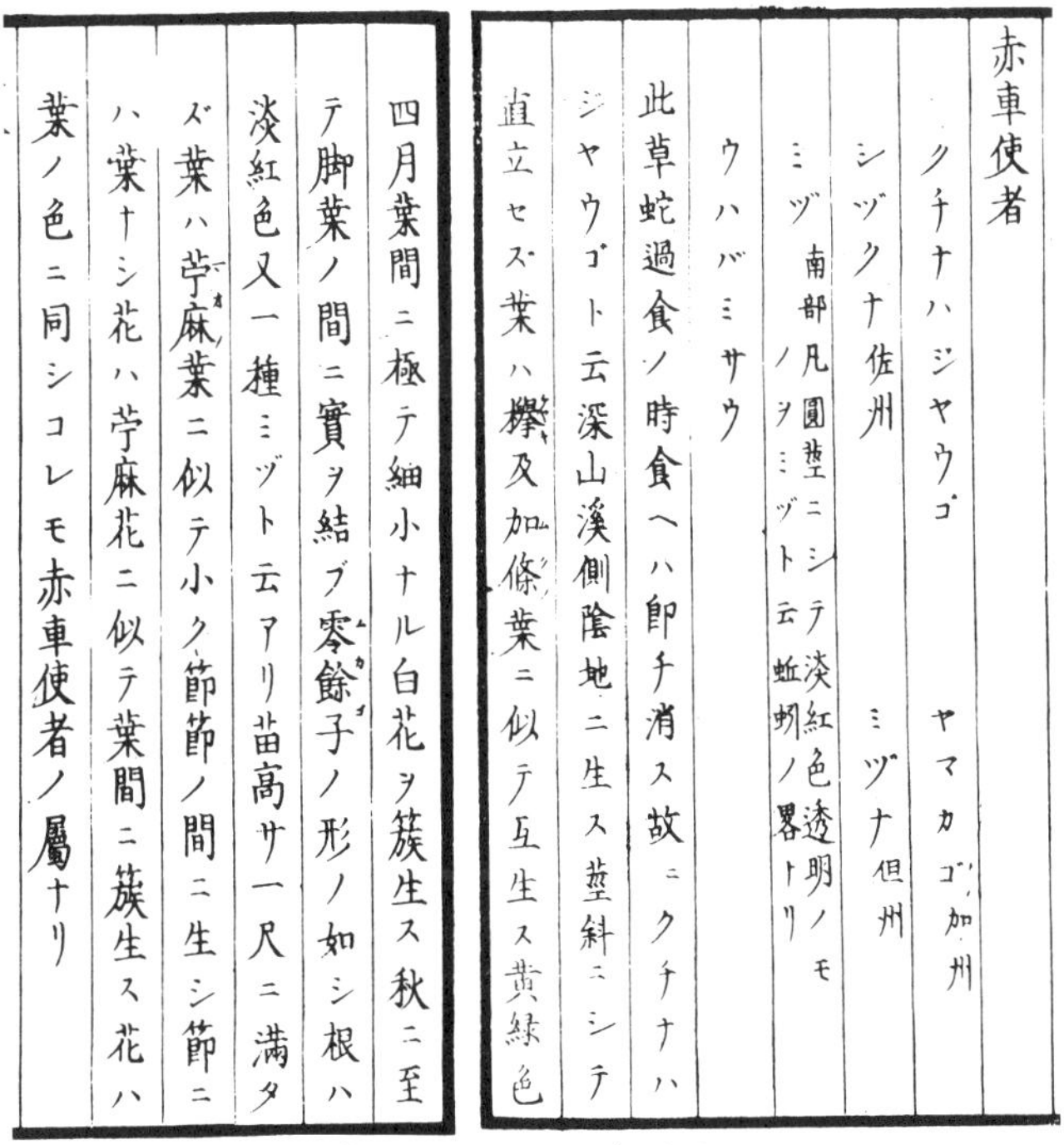
赤車使者
クチナハジヤウゴ　ヤマカゴ加州
シヅクナ佐州　ミヅナ但州
ミヅ南部　凡圓莖ニシテ淡紅色透明ノモノヲミヅト云蚯蚓ノ畧ナリ
ウハバミサウ
此草蛇過食ノ時食ヘハ即チ消ス故ニクチナハジヤウゴト云深山溪側陰地ニ生ス莖斜ニシテ直立セズ葉ハ欅及加條葉ニ似テ互生ス黄緑色
四月葉間ニ極テ細小ナル白花ヲ簇生ス秋ニ至テ脚葉ノ間ニ實ヲ結ブ零餘子ノ形ノ如シ根ハ淡紅色又一種ミヅト云アリ苗高サ一尺ニ満タズ葉ハ苧麻葉ニ似テ小ク節節ノ間ニ生シ節ニハ葉ナシ花ハ苧麻花ニ似テ葉間ニ簇生ス花ハ葉ノ色ニ同シコレモ赤車使者ノ屬ナリ

ミヅ、ウハバミサウがみえる。

近世最大の本草書に載る「ミズ・ウハバミサウ」小野蘭山『本草綱目啓蒙』巻一〇・草之三（『小野蘭山　本草綱目啓蒙―本文・研究・索引―』杉本つとむ編著、昭和四九年、早稲田大学出版部。一五六ページ）より転載。

弥次「佐吉さん、此青物は当国切の草か[1]」
佐吉「イヤン、上方ニも有はじたん。上方で蛇草[2]《(うわばみそう)》と言べん」
弥次「ヒヤ、蛇草喰てたまる物か。コリヤ大変《ヘン》やらかした」
北八「なんとしたらよかろう。蛇草喰とはれて死《す》ゝと言事た。吐《ハキ》出シほふかよかろう」
弥二「とふやら頭痛《つ(痛)》しる。モフたまらん」
と、其まゝ手まくらニ而たをれる。
北八「おれは腹がぐら〳〵して来たは。弥二さん〳〵、おめい先キに死《しぬ》か。弥次さん待なされ、能《よい》薬か有」
弥二「薬有なら早ク出しナ」
北八「ヲヽ、夫々。江戸横山丁三丁目南側小枚《(杉)》養伯か所に、能吐斎[3]《ヨヱトサイ》か有と言事を、草双帋[4]《そうし》の末に書付て有から、是を買て来やしから、一寸待てくれと言ても、待ちもせめい[5]。江戸迠は幾《イク》り程有」
弥二「二百里余あらん」
北八「二百り迠はあるめい」
弥次「イヤ、此国から二百卅里程はあらん」

1　当国切りの草か…この国だけにしかない草か。
2　蛇草…うわばみ草と読む。津軽方言のミズ・ミジは、上方では「うわばみ草」という。
3　吐斎…催吐剤、吐き薬。
4　草双帋…草双紙で近世中期から作られた挿絵主体の読み物のこと。原文の帋（ハク）は誤字、紙の異体字「帋」を帛と誤った。
5　待ちもせめい…待ちもせまい。

北八「弥次さん、夫は違《つかい》てある。此国は、つかる様武鏡[6]《ブカン》て見ると、ソレ〳〵、
　百八拾何《ナン》りやら有」
弥次、寐《ね》なから、
(弥次)「べらほふめ。大間違た。佐吉さん、此辺に武《ブ》鏡はあるめいか」
北八「弥次さん、一舛(升)か(賭)けたヱ」
佐吉「此在郷[7]《ざへこ》にそんだ物[8]有しまへ」
北八「夫所てねい。蛇草の毒廻らぬ内、早ク吐《ハキ》出していもんた」
弥二「おれか死る斗。南無阿弥陀仏〳〵」
北八「心細クなつた。全てい、佐吉さんわるかつた。爰の内へちれ来たから、
　こんな事か起《ヲコル》た。モシ[9]弥二さんか死るなら、おめいかたぎ(仇)たから、其侭
　ニして置ん」
佐吉「ハア〳〵、何か蛇草は毒たんべいか。こつ《此地》の国は遠国だん。蛇は
　往[10]《しむ》もせんたん。上方と違ましべん[11]。ヲラほ[12]の国も此国も皆粟漬[13]ニして喰
　まし」
弥二「そんな事なら、初ゟ言て呉《くれ》るといゝ物に、おいらを苦《クルシメ》めかけ、よそ吹[14]《フイ》て
　居あかつたはにくい」

6　武鏡…原文「武鏡」は武鑑の誤り。武鑑は大名・旗本の氏名・禄高・系図・居城・家紋・臣下などを記した書物。
7　在郷…田舎。
8　そんだ物、有しまへ…そんな物、ありゃしません。
9　モシ弥二さんが死るなら、おめいかたぎたから其儘にして置ん…もし弥次さんが死ぬようなら、お前は(その)仇だから、そのままうっちゃって置こう。
10　往もせんたん…蛇も棲んでいるかもしれない。
11　べん…推量の助動詞ベイ。
12　ヲラほの国も此国も…わたしたちの国(出羽・秋田)も、この国(津軽)も。原文「ヲラほ」の左傍に「我国」と振っている。
13　粟漬…ミズの粟漬けという料理。
14　よそ吹く…無関係をよそおう、知らん顔をする。よそは余所、他所。「よそ(を)吹く」という言い回しは未見。

佐「弥二郎様はにこり酒かあたまさ登《ノホリ》たはで、夫てかけん《（加減）》かわるいはじだん。ヲレは夫をおぼへで居るはで、可笑《ヲカシ》くてこたへられなへ」
北八「佐吉さん正々《（少）》徒《イタチラ》。おいらをとんた思ひさせおつた」
弥二「ハヽ、赦《ゆる》しく〳〵。其替《かわ》りよい事を思ひ付て有。大分あんはい《（塩梅）》、いゝ《（良）》よふた。コレばアさん、ひやつこい水をおくれ」
ばゝは汲たでをやくわん《（薬罐）》のまゝ持来る。
弥二「いゝ塩梅《アンハイ》。にこり酒ゟいゝ心持た。是て落付たから出立ニしや」
佐吉「さゝ、勘定〳〵」
弥次「おめい、此内へちれ来る時、おへらに地走じやと言たしやねいか。夫たから、御地走と思ひ、多くらつたから、今の様にぐわいかわる《（悪）》かつて、是皆おめいの科《トカ》。夫たから爰《コヽ》の勘定はおめい仕なせ。おへらしらねヨ。[1]□□おめい斗て気の毒なら、北八三文ツヽ割合出してやるかいゝ」
北八「夫ては佐吉さん気の毒たから、酒代は佐吉さん、みじ代弥二さん、にしん代おれか払やし」
佐吉「おれは奢《ヲコリ》と言たさ[2]かへて仕方なへ。[3]おれも男わらし。おまへ方三文もいらなへ」

1　□□…判読不明。
2　さかへて…なので。
3　おれも男わらし…俺もいっぱしの男子だ。わらしは「童子」の津軽方言。

と爰の勘定を済し三人とも此所を立。
北八、
此国の人は沢山《タク》喰みじを
蛇草と言て蛇の喰ほと
是を聞て、弥二郎兵衛、
おそろしい蛇の 飯料《ハン》[4]の毒草を
かろ《唐牛》[5]んじて喰いや《（卑）》し者とも
佐吉又、
にごり酒上に登りて頭痛《（痛）》しる
みじ[6]の毒じや《蛇》とさわぐおがしさ

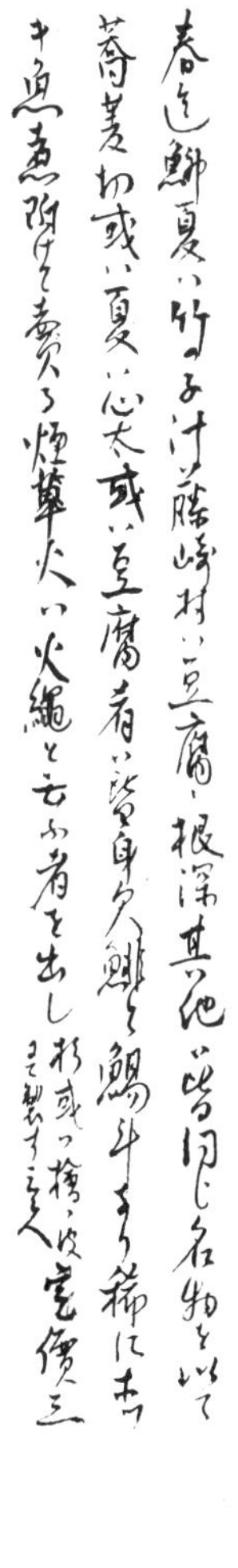

37ページ注16の「みかけにしん」について。村々の「小休処」で出す料理の一つに「身欠鯡」があるという。内藤官八郎『弘藩明治一統誌月令雑報摘要抄』（青森県立図書館郷土双書第七集　一九七五　青森県立図書館）より転載。

4　飯料…食事。
5　かろんじて…「軽んじ」とこの村名「唐牛（かろうじ）」とを掛ける。
6　みじの毒じや…毒じゃと毒蛇とを掛ける。

（挿絵）唐牛村の百性（姓）屋[1]

五畿（ママ）
五畿内[2]
五ケ国で言
〽前川内
後《ウシロ》は大和山城か
濁《タク》酒の泉
攝津《セッツ》きらはす

かぐ打狂《きやう》じ、村々を越なから、色々晒落あれとも略し、早クも蔵館の村に着ニける。昼過頃《ヒルシキ》ニ而空腹《しぎハラ》ニもなれは、

弥二「昼飯ニしてよからん」

佐吉「此所湯所なれは、爰らは湯次人（治）の居小屋。今少シ歩行《アルキ》やれ」

段々行過ると茶屋を見かけて、

佐吉「サ爰《コヽ》てごゐしん[3]」

『奥州道中記』より「唐牛村の百性屋」
（弘前市立弘前図書館所蔵）

1　唐牛村の百姓屋

2　五畿内…五畿とは、河内、大和、山城、和泉、摂津の五カ国。川内は「河内」と書くのが普通。「泉」は「和泉」である。

3　ごゐしん…ございます。敬語助動詞ゴエス。

と腰ヲかけ、北八顔をしわめなから[4]、

（北八）「弥次さん、万金丹[5]有やしか」

弥次「どふした」

北八「どふやら虫かかぶる[6]よふた」

佐吉「夫は蛇草の毒か廻るのだんべ」

北八「又佐吉さんかそんな事を言」

弥二「ソレ万金丹九ツ程やるは」

佐吉「姉子、茶わんこさ湯こ一ツけろ[7]。薬呑所た」

弥次「娘、酒を出しべし。めしも段々仕度仕たまへ」

やかて酒とにちけもの《（煮付物）》を出し、

佐吉「蛇草はなへか」

弥次「モウ御めん〳〵。酒もとふやら呑ぬ。佐吉さんやりなせ。北八てめいは

どふた」

北八「雪院《セツイン》[8]へ一寸めいりやし」

跡の二人は酒もろくに呑じ、めしに取かゝる。其所へ、北八来り、

（北八）「大へん下り[9]やした」

---

4 しわめながら…「しわむ」は皺を寄せる。

5 万金丹…胃腸薬で、常備薬としても有名だった。

6 むしがかぶる…虫が齧る。腹痛が起きる。

7 けろ…くれ。

8 雪院…雪隠のあて字。

9 下りやした…下痢をした。

弥二「夫は大きに御苦労。サ酒なりめしなり喰たまへ」
三人ともにこり酒のため腹《ハラ》は張《ハリ》、めしも酒も多く出来じ、カレコレと喰仕舞、茶屋の払をいたし、煙草を吹て居る。頓而其日も[1]七ツ下りに至りける。又弥二郎も腹は[2]にやくやする。是も雪隠へ行、大下り。二人とも夏腹の下り故大きにちかれ《（疲）》、

弥次「佐吉さん、迚も是から弘前は遅《ヲソ》し。此所て泊《トマ》りていべい」

佐吉「そしたらよかんべ。そんだらわらんし《（草鞋）》解《トカ》され。ヲレハ茶屋サ相談いたし

と、宿《ヤト》の嬶《かゝ》に相談之所、湯小屋の明間へさしついたし、三人とも此間へ落付。然るに弥二郎は雪隠へ百度参り、

佐吉「おまへたちア[3]無双とせつちんありぎ《（歩き）》たん。にこり酒、みじ漬の毒は今あらわれたん。ハヽ〳〵、私は湯サはへて来まそ。あどの用心をたのむ」

頓而日くれにもいたれは灯燈持きたり、

弥二「コレ女中、夜喰《（食）》は後程出したまへ。其時は上酒と肴も添て仕度ヲ頼」

(女中)「アイ〳〵」

として、かへる。其間に佐吉《サキツ》湯ゟ返り、

佐「北八様、弥二郎様はどごサゐつたナ」

1　七ツ下り…午後四時過ぎ。

2　にやくや…江戸語では、曖昧で煮え切らない意であるが、津軽方言のオノマトペ・擬態語で、腹が痛むようすをいう。

3　無双とせつちんありぎたん…やたらに雪隠歩きだな。「無双」は「無性」の宛字。

北「今せついん。ヲレモ行から跡を頼」

佐「弥二郎様、[4]またゐ《居》ましたんべ」

北八「弥次さんはモフよい時分」

と、いつもくさん《（一目散）》にかけちける。然るに弥次はハヤ出て手をふきなから来かゝり、

弥二「北八又来たか。今替りの人か居る」

北八「そふか、[5]いめましい」

と言なからせついんへ行。見るに中へ明りを入、其人大きに[6]口事を言。

（侍）「たれか此様に不調法かした。其侭にならぬ」

抔と言て居る。此所せついん一ケ所なれは脇へ行事もならす。又今の人は早束《（速）》出じ。其間に北八は尻《しり》から出る様なれは止事得じ、艾溜《ハキタメ》、せついんの脇に有を幸《サイワイ》、びりぐわりとやりかける。そこ爰《（そこここ）》ニして返り、然るに今せついんに居たる人は隣小屋の湯次《（治）》人。此の国の家中ニ而、至而小六ツケ敷《（こむつかしき）》人物上下六人隣合、板一枚の間也。せついんゟかへり、

（家中の侍）「[7]子之助、〳〵、宿《ヤト》の亭主《ていしゆ》呼来《ヨヒ》れ」

亭主来りて

（亭主）「何御用でござりまし」

4　またゐましたんべ…まだ（雪隠に）いるんでしょう。

5　いめましい…「忌々しい」の変化した語。

6　口事…くちごと。非難、苦情、文句。

7　子之助…津軽藩家中の若侍の名。

侍「余の事にあらす。雪隠へ不調法したる者有。是を穿鑿[1]いたし、其者に掃除《そうじ》
　申付べし。左な《（然無）》[2]ぐはしまりにならす。今晩《こんばん》中に申付べし」
と大きにりきむ。
　亭主「ハイ〳〵、かし《（畏）》くまりました」
と小屋中段々せんさぐいたし、弥二郎組の小屋に来り、
　亭主「今晩暮《クレ》に至り、せついんサゐきましたか」
　弥次「行ましとも、〳〵。北八、手めい今い《行》つたじやねいか」
　北八「其前はおめいいぎやしたろ。せつ隠の中に不調法有と言て、人か居有《イアハセ》だ
　　から、其時おへ等《ら》はちり溜り[3]へやつて来やした」
　弥次「其不調法はたれならん。其者へそふじ申付るかよい」
　北八「弥次さん、おめいじやねいか」
　弥次「べら棒め。おれは生れでゟくそをひつた覚《ヲホヘ》かねいヨ」
　佐吉「どこの国ニくそをしらなへ人か有べんか」
　弥二「せついん板へひつた事かねいヨ」
　亭主「其不調法之人を御詮議だ。サ、たれでごじやる。此隣の旦那様[4]ゟ
　　被仰付《（おおせつけられ）》た」

1　穿鑿…詮索と同じ。
2　左なぐはしまりにならす…そうでなければけじめがつかない。
3　ちり溜り…塵だめ。ただし、チリタマリという語は未見。
4　旦那様…お侍様。津軽では武士を「旦那」と称した。

弥次「ソリヤにぐい者有は有。其者へ掃除申付るはあたりめいの事サ」
北八「ソリヤおへらじやねいから、外方[5]御せんき〳〵」
亭主「外[6]せんきしれとも、こんにや、せちんさるゑた人はおまへ達二人、度々ゑ《行》た《し》[7]よたはなし。外ニ一人あれとも是はたへ《（絶）》でくその堅《カタへ》へと言。今せつちんの板さしつ《ひ》たくそはなんでもおまへ達た。[8]さぎた《サキニ》から何《ナン》ども〳〵ゑ《行》て腹下る噺《ハナシ》も有。今見れは腹下りくそ。なんてもおまへ達た」

弥次大キニりきみ、

（弥次）「ナンタ、此方へなんたい《（難題）》をかける、不扁《（届）》キ至極。其證拠《しやうご》ても有か」
佐吉「わかる事か有。其くそに其人の紋《モン》所か有と言譬《タトヘ》噺《ハナシ》か有。其くそを[9]熊気《ヨク》を付て見[10]さゝへ」
北八「そふゆわけか。をれか紋は三ツ引[11]。弥次さんおめいの紋《モン》はなんじや」
弥次「おれか紋所、ソレなんてあつたかわしれ《（忘）》申た」
佐吉「ハヽ、手前の紋ヲわしれたとはうそた」
亭主「尤、〳〵。どふして江戸の神田丁《（ママ）》御町人何屋とか言、間口何十間程有、松前迄取引に行商人か紋所わしれたとは、[12]どふやらうたがわしい」
弥次「おれか紋所大事たから、[13]金仏《カナホトケ》の尻《シリ》かくさつてもはなしかならねいヨ」

5　外方…余所、他方の意。
6　外せんぎ…「ほかせんぎ」と読ませるか。「せんぎ」は「詮議」。
7　よた…ような。津軽方言。
8　さぎたから…さっきから。津軽方言。
9　熊…原文は「熊」にヨクとふっているが、熊は能の誤り。
10　見さゝへ…見さっさい。見なさい。
11　三ツ引…丸に三本の線を入れた紋所。
12　どふやらうたがわしい…なんとなく疑わしい。
13　金仏の尻がくさつてもはなしかならねいヨ…どんなことがあっても、話には乗らないよ。金仏はカナブツともいう。

北八「なぜに其様に大事た事か有物か。おめいの紋所、ソレ〳〵おめいのかみさんに頼れ質《しつ》を置に行く時、紋付の羽織《ハヲリ》も入交り、其時見るに」
弥次「べらぼめ。おれか家で質を置た事かねい」
北八「其時に見るに、[1]四ツ目の紋と思たか、ちけい有めい」
弥二「夫は違た。質を置事はねいものを。大方、夫は人に頼れたとよめる」
佐吉「夫はよへか、紋所は四ツ目でごゑしかナ[2]」
弥二「今更《サラ》仕方かねい。おれは紋所は佐々木四郎[3]の末孫なれは、丸ニ四ツ目[4]。もつていねい（勿体無）から早束[5]（速）言わねいのさ。佐吉さんの紋はなんじや」
佐「私は丸[6]に桔梗」
抔と言論。是隣の侍聞付、紙に四ツ目の紋ヲキサミ（刻）、子之助ニ雪隠のくそへ置。
亭主「其紋所を改とり、人をた《出》して見るは」
弥二「早ク其者の面か見たへ」
然に隣の侍大声ニ而、
（侍）「宿の亭主、そんなら早ク行、其紋所を改見よ」
と言故、亭《ティ》主手燈[7]（燭）を持行、見るに其くその上に丸ニ四ツ目、紙に裁《タチ》たるをくその上に有。

1　四ツ目の紋…（54ページにも）四ツ目結いの形を図案化した紋。
2　ごゑしかナ…ございますか。
3　佐々木四郎…源義経と木曽義仲の宇治川の戦いで、梶原景季との先陣争いをした有名な武将。
4　丸に四ツ目…四ツ目紋の一種。
5　早速…すぐには。
6　丸に桔梗…紋所の一つで、桔梗の花を丸で囲んだもの。様々なデザインがあった。
7　手燈…テトウと読み、手燭の意。補注12。

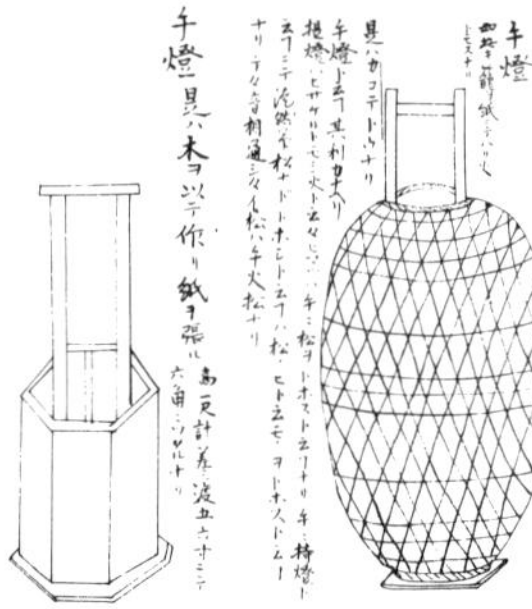

『奥民図彙』にみる「手燈」
比良野貞彦『奥民図彙』（青森県立図書館郷土双書五『奥民図彙』昭和四八年。五〇・五一ページ）より転載。

亭主「さゝ、皆様見て[8]こへせ。丸ニ四ツ目の紋所有」

と言は、弥二郎聞付、びつくりなから

弥二「何か有ても此方のしらぬ事ヨ」

是に依而、小屋中湯次(治)人聞付次第、珎ら敷事也と、われもく\と見物にゆぐ。

佐吉「[9]おら《我》方《ホ》もゑ《行》かなへは、うたかへかゝるべん。さアさ見るニ参りましべん」

侍、無是非弥二郎北八とも行見るにあん(案)にたかわじ、四ツ目紋所有。

弥二郎[10]そげ返り、

弥二「たれか此紋を置た。紙にほり付た物は、けつ穴から出る物か。おれか羊《ヒジ》、てねいから紙を喰た事もねい。此紋をたれか置たと言事を[11]八卦置て見なせい。おいらかしらねい」

隣ノ侍、大声ニ而、

(侍)「此上は證拠《しやうこ》あっての上なれは、其者に掃除申付べし」

弥二郎も今更思廻して見れは、自分の業《ワサ》なり。紋所有上なれは是非に及じ。さしかの弥二郎[12]半九(句)も出じ。

弥次「けしからん事も有。アノ紋所はうたかわしい。何の[13]罪カ《カ》いめましい。サ

8　こへせ…ください。ゴエス。

9　おら方もゑかなへはうたかへかゝるべん…私たちも行かないと疑いがかかるだろう。

10　そげ返り…（やや威勢を張るように）そっくりかえる。91ページにも「そけ返り」とある。

11　八卦置く…占いの八卦をみること。

12　半九…半句。一言半句の半句。一言も出せない。あるいはこれに作者の戯号・半九を掛けているか。

13　罪カ…原文のカの右傍にも小字の片仮名でカと添えているが、本文のカが墨の汚れで読み難いために補ったのであろう。

北八、掃除に取かゝろうか」

北八「何おれか入《（要）》物か。おめいのとかじ《（科）》やもの、一人りてそうじ仕なせ。水一桶ニほうき一本で済事さ」

弥次「どうして一人で間ニ合す《（ず）》。明り持《（もち）》かなくちや、間方[1]せねい」

北八「佐吉さんか紋所の台をたし《（出）》たから事あらわ《（顕）》れた。佐吉さん灯《（ママ）》ちん持をしるかいゝ」

佐吉「わたしアせつつんさ一度もゑかなへ人た。おまへ達斗《（ばかり）》何度もゑ《行》つた物しや」

北八「元の起《ヲコリ》は佐吉さんゆへ、みじの為腹を下シたから、佐吉さん此糞《クソ》[2]の頭取た」

弥次「かれ是間[3]を取てはたまらねいから鬮抜《くじヌキ》[4]をしやれ」

夫はよかろうと言わけになり、弥二郎紙をひねり出し、

佐吉「ハヽ、北八さまた、〳〵」

北八「ヌヽ、いめいまし。サ弥二さん、なんとしれはいゝ」

弥次「其灯ちんを持や。イヤなんとしても是てはたまらん」

とて、二人とも儒半《（襦袢）》一枚あらなわ《（荒縄）》、たしき《（襷）》、

1　間方せねい…マカタと読む。間に合わない。江戸語にはみられない語である。マカタスルは現代方言（北海道、青森、岩手）にもあるが、これが文献初出例となり、近世津軽方言でもある。しかしここは弥次の台詞である。作者は江戸語と思い、つい自分の言葉を用いてしまったのであろう。86ページ注2参照。

2　この糞の頭取だ…（この始末をする）仕切り人だ。

3　間を取てはたまらねいから…時間をとってはがまんできないから。

4　鬮抜…籤引き。

弥次「御亭主さん、桶とほうきは何れに有やしね」

てい主「せつんの脇に有」

北八「かつてん、〳〵」

と灯ちん持て、さきになり、

(北八)「なんと弥次さん、こふして見たら[5]ゆうかん《くわん》場のか《(加)》勢と言物た」

弥次「ヱ、、又いめいましい事を言。べらほふめ」

と言いなから、かたわらの流ゟ水を汲、二人して[6]口言一ばい、せついんの掃除は仕舞、居間へ返り来り、佐吉と宿のてい主、待受居。

てい主「やゝ、[7]うじね《(ママ)》取て来たナ」

弥次、大きにりきみ、

(弥次)「おへ等は何も取た覚ねいヨ。此上おへ等を盗賊《トフソク》ニするか。此通り何も
とつた品はねい」

と、繻袢《しゆばん》をぬき、[8]ほろき見せる。

(弥次)「北八、てめいも帯をほとき見せたまへ。何も盗《ぬしみ》ンた品はねい時は、亭
主相済ンぞ」

てい主「何も盗たと言事でなへ。うじやね取たべと言たのてごへし」

5　ゆうかん場のか勢…湯灌場の加勢。湯灌とは湯水で遺体を洗い清める儀式だが、それを行う設備のある所を湯灌場と言った。江戸時代には寺院などにあった。湯灌を手伝う際の格好に似ているので、加勢と言った。
6　口言…悪口、非難、愚痴。14ページにもある。
7　うじねとる…本来「うじやねとる」とあるべきところ。ウジャネトルとは難儀する、苦労する。ウザネトルとも。東北方言で、地域によって、ウザネハク・ウジャネハクとも。補注13。
8　ほろきみせる…ホログはひろげる、振り払うの津軽方言。

弥次「おれかうじやね取た覚もねい。今繻伴をほろき見せる通り」
北八「御てい主、其うじやねと言物はソリヤどんなもんじや。此方とも見た事もねい。其うじやね盗すんた証拠でも有か」
佐吉「イヤ、其うじやね取たと言は、難儀したべんと言事た」
弥次「ハヽ、わかりやした。此国の言葉をしらねいから仕方ねいのさ。御てい（亭）さん、お赦し、〳〵」
北八「大笑だ」
繻伴着て　こか掃除《せっいん》[1]しる　弥次郎兵衛
惣身からたは　うじや〳〵ねとる
佐吉又
先陳（陣）[2]の　板へ大将　佐々木との
四ツ目の紋[3]て　証拠残《のこ》れる
弥次「佐吉さん、おめい迠やしぐ（安）見るか」
佐吉「やゝ、うじやね取てうしや〳〵しるならは、湯さはゑつてごんせい[4]」
夫より二人は明りを持、入湯ニ出かける。湯に行、見るに、夜ふけたるゆへ、人一人も居合せじ。弥二郎は此うらみをはらさんと思ひ、

1　こか掃除しる…「こか」はコウカ・高架（便所）の短音化。
2　先陣の板へ大将佐々木との…「先陣」と「大将佐々木」で、梶原源太景季と先陣争いをした佐々木四郎高綱を言い、その「先陣」に「雪隠」を掛ける。
3　四ツ目の紋…50ページ注4参照。
4　ごんせい…いらっしゃい。ゴンスの命令形。

（弥次）「べらほふな事をした。いめましい《（忌々）》」
北八「此国に入とろぐな事かねい。なんとか面白《ヲモ》キ種か有めいか」
弥次「[5]おれも其分別で居るは。あの四ツ目の紋はおれか噺を聞付、隣の侍めか紋を書抜、おれかくその上へあけて置し様子と見得る。おれかあやまりたから、掃除したかいゝけれと、紋を置れたは、あまりこふ《（業）》腹だ」
北八「ヲヽ夫よ。宿のてい主か来て論をした時、家来の子之助とやら言小奴、せついんへやつたふてあつた」
弥次「其位の物サ。ヲイおれかふんどしへくそかちいて有。洗てやらん」
北八「おれも其通リ」
と、人の居合しをさいわい、湯坪に入て洗ひ付る。
弥二「コリヤ北八、能事か有」
北八「なんじやく」
弥「アノ雪隠か片《カタ》[6]かつて有から、綱《チナ》をかけで二人両方ニひつはる時は、[7]ひつ返しにぞふさ《（雑作）》ねいヨ」
北八「ヲヽ其さんたん《（算段）》は面白し。人は寝《ね》[8]しんてからやると、たれもしらねいよいなぐさみた」

5　おれも其分別で居るは…俺もそういう考えだ。
6　片かつて有…傾いている。カタガルは傾く。
7　ひつ返し…ひっくりかえす。
8　寝しんて…寝静まっての意であろう。

弥「よい時分ニなつたらたかい（互）に起《ヲコシ》ヨ」

北八「承知之助」

夫ゟ居小屋に返り、

佐吉「[1]めつたにおそくてあた。ソレめしも爰に来ていました」

弥「ヲヽ夫、々」

と、三人して酒を呑、めしを喰。色々晒落あれとも、おなし様なれは記しに不及。三人とも枕を双打ふしたり。半時斗過し頃、夏のたん（短）夜なれは隣小屋迠一統[2]ゑびき（鼾）聞得。時分はよしと、

弥二郎「北八、〳〵」

と、小声ニなり、枕をゆしる。北八承知之事なれは起上り、二人とも繻半ニ帯を廻し、そろ〳〵と戸を明。見れは廿六日の月出て明らかなり。二人とも素足ニ而そろ〳〵となわを巻。馬屋の口に馬の鞍有。是にくら綱[3]（縄）は付て有。是をはつし、小せついんなれは綱を二廻し巻、両はし長くして其端を銘々持。ゑんや〳〵と言侭、初の内はせついんはぐしら〳〵と鳴。又両方ニ而ゑんや〳〵〳〵。小声になりてはやしかけると、ぐわりびり〳〵〳〵、ぐわりゝんびつしやりとふんと鳴ひゞき、弥二郎は早束自分の寝所へはいり、夜着をかむり、たんまり（黙）居。

1　めつたにおそくてあた…とてもおそかった。メッタニは大変、とても。

2　一統…一同。

3　くら綱…馬具の名称としては「鞍縄」が正しい。59ページ「元ちれ」の原文右傍にも「馬ノくらなわ」とある。縄を綱と誤ったか。

佐吉「ム、、〳〵。何の音《ヲト》だか、どゑらへおとかする。きびかわりい。北八様、弥二郎様」

とゆすり、

(佐吉)「ヲヤ、北八様はゑ《居》なへ」

弥二郎はたまり居る。北八返り間違、隣小屋の戸少し明キ有ヲ、「弥二さん今はい入し所」と思ひ、戸しつかに明ケ、ハイ入。くらまきれ手さくりに寝所を尋る。然るニ今の鳴音、一統目をさまし、旦那大きにいかり、

(侍)「子之助、〳〵」

と言。

子之「ハヱ〳〵」

(侍)「早ク起《ヲキ》て明りを付ろ。何やらん、人かはゑ《(入)》た様た。早ク〳〵」

北八心に「南無三、間違いたし」と思ひ、明り無間《(闇)》に早ク逃《ニケ》よふとしるに、戸口の方角をわすれ、まや〳〵[4]しる間に明りを手燭ニ写《(移)》。侍は北八を見て、

(侍)「ハア、おまへは何をしるにおら所の小屋さ来り」

北八「私は小便ニ起《ヲキ》、まよいました」

4　まやまや…うろうろする。津軽方言。

蔵館ノ宿屋之図

ぐわりびり、〳〵
わん、〳〵、〳〵
ヱンヤサ、〳〵、〳〵
　ウントサ、〳〵

〽びりぐわりと
鳴《ナル》るは雪隠《イン》当りまへ
ころんでなるは才[1]（賽）の二三四

侍「小便に起た迚、何人の小屋さはへり、小便をしるとは不扁（届）キ者め」
北八「ハイ〳〵、御めん〳〵」

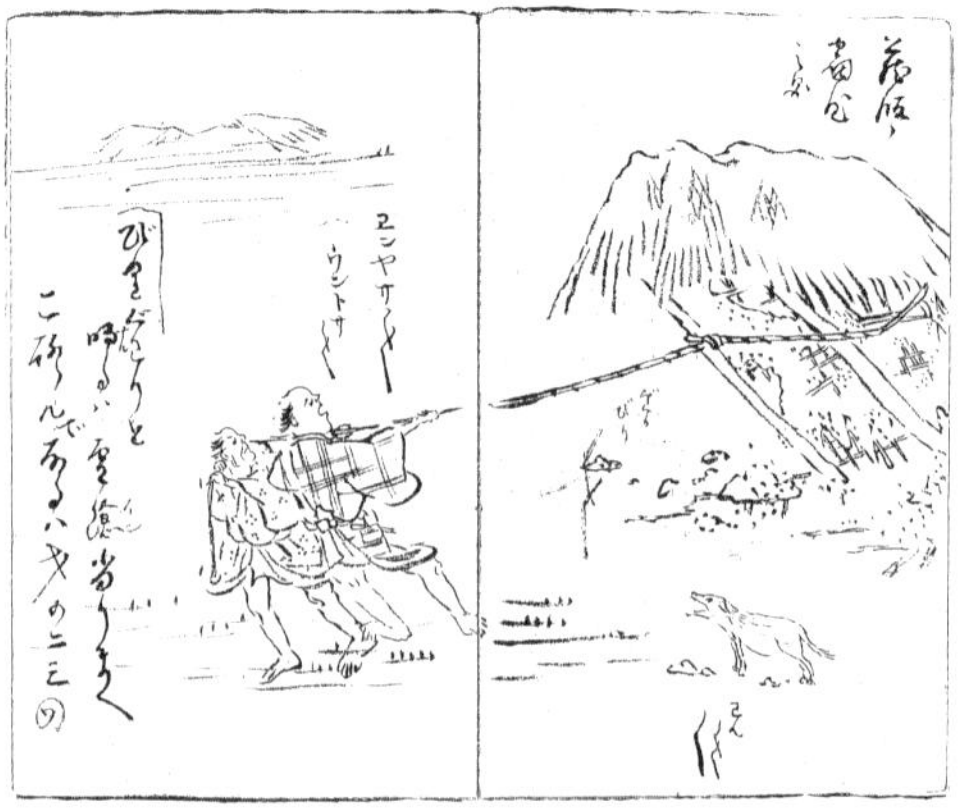

『奥州道中記』より「蔵館ノ宿屋之図」
（弘前市立弘前図書館所蔵）

1　才の二三四…才はサイコロ（骰子）のサイ。

侍「御めん位て済《しむ》物か」

と言て大きにりきむ。北八をしはり付、其間に宿の亭主、小屋中湯次人皆々今の鳴ひゝきに[2]驫《ヲトロ》キ外に居て大さはき。

(皆)「ヤヽせつ隠かおけやた。[3]大へんく。ヲヤく[4]元ちれ《馬ノくらなわ》もてせつんを巻、両方て、[5]ふばて[6]態《わさ》ねおけやした。いたちらた人も有ばあるもの。夜ル夜中とこ《(ど)》者だ」

抔《ナト》と外は大さわき。宿の亭主来り、

(亭主)「旦那様大へん有。起て被下《(くだされ)》」

侍「何だく」

てい主「ハヱく、私共のせちんかおけやりました」

侍「今の鳴音か」

てい主「元ちれもて巻込、両方ニゐ《居》て[7]ふばりおけやしました」

侍「爰《コヽ》にあやしき物とて疋《(引)》取て置た」

てい主「ハヽ、たれた、く」

と見て、

(亭主)「ハアおまへは隣小屋の旅人。とふしたわけて爰《コヽ》さ来ました」

---

2 驫く…ふつうはトドロクと読むが、ここではオドロクと読ませている。20ページ注10参照。

3 おけやた…ひっくり返った。オケヤルはひっくり返る。

4 元ちれ…原文右傍に「馬ノくらなわ」とあるとおり、馬の鞍縄のこと。津軽方言にモトツレがある。

5 ふばて…フバル。シバルの津軽方言。

6 態（わざ）ね…わざと、ひっくり返した。ワザネは津軽方言、ワザニとも。

7 ふばりおけやしました…縛って、ひっくり返しました。「おけやす」はオケヤルの他動詞形。注3参照。

北八「小便ニ起てまよひを取た。[1]御めん素めん蕎麦《ソバ》切めん《(麺)》にはんにやめん《(般若面)》」
侍「ろく〳〵な者でなへ。能《(よく)》口をくつちやべる。つとこらしめを見せてやる」
迚、うてをから《(絡)》けしなわをぐつと[2]〆くじると、
北八「アヽいでい、〳〵」
侍「せつんおけやしたは手前なるべし。白状いたせ」
北八「私は立《(絶)》てしらぬ事でござりまし」
てい主「一人てごさるまい。二人成べし。おまへ、連合の人はとこに居者か」
北八「同役二人は今頃[3]白川夜舟で居ましたろう」
侍「こいちか。大分野[4]ふど《(野太)》へ奴ゆア、せつんそうじしてから湯さ行よし。夫ゟ又酒を呑、ねたよし。そせば小便溜《タマ》る時分てもなへ。小便しるとは偽者め」
其時、子之助そばに居て、
(子之助)「今に《(今夜)》やわれも湯[5]さゐ《行》てはへたけや、[6]明し《(灯)》もて二人来て、わ《我》、かげ《(陰)》の湯ニゐ《居》て[7]聞でだけや、『おれかふた《ひった》くそさ隣の侍か紋をこさ《捹》へて、奴に侍《もた》せ《(持)》てやつた。そして湯の中でくその付たふどし洗て、そして又なわもて[8]せちん《(雪隠)》くわし』とてあたん」

1 御めん素めん蕎麦切めんにはんにやめん〜〜…御免、素麺、蕎麦切麺、般若面と、ゴメン（御免）のメンで韻を踏んだ語呂合わせ。
2 〆くじる…締め上げる。クジルは苦痛を与えること。
3 白川夜舟…白河夜舟と書く。熟睡して何も気づかないという意。
4 野ふどへ奴ゆア…のぶとい、図々しい奴だから。
5 湯さゐてはへたけや…湯に行って入ったら。「けや」は現代津軽方言の終助詞のキャ。
6 明し…灯り。
7 聞でだけや…聞いていたら。
8 せちんくわしとてあたん…雪隠を壊すと言っていた。「くわし」は「こわす」の津軽方言。

侍「そふしれは此者に相違なし。亭主、残り二人の奴《ヤジ》もちれてこへ」

亭主は弥二郎、佐吉を呼起し、

てい主「サヽ御用か有。早クござれ」

弥二郎、此様子ヲ聞付、薄気味あしぐ思、

(弥次)「佐吉さん、早ク起させい。御用かかゝつた」

二人ともふしやう〳〵に、てい主ともにゆきて、

弥二「ハイ何の御用てこさりまし」

侍「手前方、徒も事ニ寄。せつんをおけやし者は、とこの世界ニ有。真直《マッシク》に白状いたせ」

弥二「私共一切存不申」

侍「イヤそふてなへ。今《コン》にや、湯さはいる時、くそのついだふんどしを湯坪[9]で洗たよし。其時の噺《ハナシ》に、隣の侍はおれか紋を拵《こしらえ》、くその上さあけさせ、おれをとか《(科)》人にあらわし為、にぐ《(憎)》さもにくし侍抔と気[10]の毒に思ひ、せつちんをひつ[11]返し相候のよし。サ、夫に相違有まひ」

弥二「私ども湯にめいりやしたか、そんな噺もせす、ふんとしも洗ひし覚、から[12]〳〵ごさりやせん」

---

9 湯坪…湯を湛えているところ。湯船。

10 気の毒に思ひ…腹立たしく思うこと。相手に対する同情の「気の毒」ではない。

11 ひつ返し…ひっくり返し。

12 からから…まったく、全然。この語諸辞典に未見。

侍「そんだら手前方はふんとしを〆て居るか」
弥二「ハイ私共等《ら》ふんとしいやたから〆やせん」
侍「国は何れた」
弥次「ハイ江戸てこさりやす」
侍「江戸から長々の道中、ふんとし〆なへて往《シム》物《（済）》か」
弥次「虱《（しらみ）》かわぐ《（湧）》から〆やせん」
侍「三人ともふんどしなへか」
佐吉「私はしめて居まし」
侍「手前はどこた」
佐「私は大館の者てごんし」
侍「江戸の者はふんとしなへとはうそた」
佐「おまへ方のふんどしてなへか。ゐ《居》間のさを《（竿）》に懸干て有は」
弥「佐吉さん、おめいとんた事を言。あれは手ぬくひじや」
侍「てい主、其てぬぐひ、爰《コヽ》さもつてこい」
てい主早束《（ママ）》持参り見れは、白木綿のむそ[1]一筋、絞りの長ふんとし一筋、未《（まだ）》ぬれ《（濡）》あり。

1　むそ…越中褌。津軽方言。

侍「此手ぬくひに木綿真田[2]か付あり。此真田は何の為」

弥「風吹、さむひ時はふんとしを〆る様にかむり、紐をもつてあたま[3]をからけまし」

侍「此長へ絞りの手ぬくひは」

弥次「ハイ、ヲヽ、ソレ、其ふんてねい、其てぬぐひは北八手めいのじや」

北八「ハイ、ムヽ、ソレ〱、其てぬくひに段々[4]わけ有。当春、私真《心》中の時、女と両はし胞《(類)》かむりいたし、墓所迠参りし所、女は少々用事有迚、私ヲ置で参りしか、いち迠待とも来らす。夫故私も死《しニ》おぐれ、是非なぐ命助り、夫なり手ぬひ《(ママ)》に持得居《お》りまし」

侍「馬鹿[5]こげ。此うそぶちまげアど。今《こんばん》にやこへちらか来てゟ、噺口を聞に、ろくな手合て有まいと思たか《(が)》、安《(案)》にたかわじ皆偽。口《言》語道断の手合。絞手ぬくひかむり、心中の道連《みしつれ》《(ママ)》しるとは昔ゟなへ噺。手ぬぐひでなへ、ふんとしに相違なし。ソレ金玉包所はふぐらんて有。そして虫[6]の子か此様に有。是さ腹[7]びりしる故、ふんどしさたらし、依《(よって)》、湯坪さ入て洗しゝ《(濯)》きたるに間違なし。此方の家来子之助かかけ《(陰)》の湯ニ入、様子を不残聞て居るをもしらす、今更うそも偽も聞なへぞ。当又[8]《(はたまた)》ふんとしのぬれて有有《(衍字)》は証拠だ。是を

---

2 木綿真田…この手拭い（実は褌）に木綿の真田紐が付いているが、これは何のためだ。真田紐は真田織（平たく組んで編む）の紐。補注14。

3 頭をからけまし…絡げる、縛る。

4 段々わけ有…いろいろといきさつがある。「段々」は「いろいろと」。

5 馬鹿こげ　うそぶちまげアど…馬鹿言え、嘘をぶちまけるのか。

6 虫の子…虱（シラミ）の卵。

7 腹びり…下痢。腹下りの北奥方言。青森南部のほか岩手、秋田などにもある。

8 当又…はたまた。当又、将又などと書く。

手ぬくひ抔と偽を以、此方を[1]言廻し、言語道断の振舞。依、亭主、[2]雪隠をかへした者は[3]こへち等に相違なし。雪隠建る入用金を此者共等ニ[4]出されたまへ」

てい主「ハイありか《(ママ)》どふこさりまし。かれ是て見れは、一両二歩《(分)》もかゝります」

侍「其位て安上り。そへちらに出さして酒代も取てやれ」

てい主「サア、江戸の衆、雪隠代一両弐卩出して被下《(くだされ)》。あし《(明日)》から[5]ふしんにかゝるはで」

弥次「ナント北八、おれはさつはりしらん事。てめいかしつたわざなら金を出しかよい」

北八「何もかも、しはられて居れは[6]了簡《りよけん》が出《で》ねい。[7]なわめか赦し様に先生に御願申してくれ」

侍「赦しかたし、〳〵」

然所、宿の老人来り。てい主の父親也。

（老人）「ヤ、、旦那様、私は影《かけ》で不残様子を聞ました。御[8]穿鑿《せんさく》被下、段々難有ごさりましか《(が)》[9]□憎おまへ様も穿鑿しる役目ニもなし。やはり湯次人

1 言廻す…うまく言う。
2 雪隠をかへし…雪隠をひっくり返し。
3 こへち等…こいつら。
4 出されたまへ…原文「出され」とあるが、「出させ」とあるべきところ。
5 普請…工事。
6 了簡が出ねい…良い知恵が出ない。原文右訓の「りよけん」はリョウケンの短音化。
7 なわめ…縄目。捕縛されること。
8 穿鑿…詮索。
9 □憎…□の字形が不明だが、ここは「あいにく」であろう。

并《(並)》合、又江戸人かせ、ついんひつかへしたわけにもせよ、問糾《トイタ》、(せ脱)はしらぬと言事。たれも見て居人なければ何迠《イツ》も[10]水かけ論《ロン》□□わけ。庄屋へ申出、せんき《(詮議)》しるなら分《ワカ》る事もあろうか、左候《(さ)》ては表向ニなり、其物入せついん代ゟ過分ニ上る。夫ヨリは、こへちらを今ゟ此場を立セ、村中に留置ぬほうか増《まし》じや。皆の衆どふた」

侍初一統無言なれは、

弥二「宿《ヤト》のお叔伯《ちいゝ》(ママ)様、御尤の事なり。左様ならは佐吉さん夜中なれとも出立いたそふ」

北八「おれを捨で、おめい斗行とはなさけねい」

弥「てめいの事はおへらしらねいヨ。佐吉さん、仕度しや」

てい主「未《(まだ)》宿せん《(銭)》は済なへ」

老人「ヱ、宿せんはくれでやれ」

弥「有かとふこさる」

夫ゟ二人は寝《ね》所へ帰る。

北八「宿の叔伯《じい》さん、私も三人の連中旦那へ御願之上此罪《つみ》を御めんニなる様、侘御頼申され」

10　水かけ論□□わけ…□□判読不明。

老人「旦那さま、其者御赦《ゆる》し被下ませ」
侍「是は赦しかたし。此方の居小屋《こや》へ踏込《フミ》、小便しるとあれは、不扁《(届)》者め。此者は拙者預り、明日役所へ達し、せんきの上、此方ゟ宿次[1]を以碇《イカリ》か関迠送《ヲクリ》返しべし」
是ニ依老人は其わけ此はじといろ〱わひを入、金一卩出して漸々御めんになり、なわをゆるして、
侍「早々金を持参致しべし」
北八「ハイ〱」
かしこまり、立《(たち)》[2]まなぐ、夫ゟ弥二郎か方へ行見るに、二人とも出立の仕度也。
弥次「手めいを置て行としる所、能もこめん《(御免)》になつた」
北八「イヤ大変つまらねい事か出来た」
弥「何を〱」
北「宿の叔伯さん侘《ワヒ》ゆへ漸々赦し貰《モライ》たり。夫はいゝか、金を壱卩出しわけた」
弥二郎も仕方なしとて内かへ[3]ヨリ壱卩出し、是跡のわり合。其所へ宿のてい主来り、
(亭主)「サヽ、御出立〱」

1　宿次…宿継ぎ。宿送り。

2　立まなぐ…立ってすぐに。「まなぐ」という言い回しは未見であるが、「間無く」で程無く・すぐにの意であろう。

3　内かへ…胴巻き、財布の津軽方言。ウチガイ・ウチガエ（打飼）とも。

弥二「ハイ〱、仕度出来ました」
とて、三人揃、
（三人）「段々難有し」
と、礼もそご〱、八ツ半頃月の明りたよりて、此所を立。
北八、ふるい声ニ而、
[4]雪隠に神の往《(住)》居はおろか成
なんの苦もなぐおへら弐人りで
弥次「神か有、〱」
[5]雪院《(隠)》を縄でひかへし其とか《か》め
矢ゟも早ク罪《バチ》《(罰)》は音た《(出)》す
然るに三人は蔵館の宿を追出され、二人は佐吉を刀《(力)》に便り行。
弥「佐吉さん、おめいの安内て此《コレ》迠来やしたか、是ゟ夜旅之さんたん《(算段)》と言もんた。こわい事〱」
北八「いやはや、生れ落でゟ、こんなさいなんにおふた事もね《(ママ)》。[6]しる事なし事
小町の夜ばい」

4　雪隠に神の住居はおろか成…雪隠には雪隠神（せっちんがみ）・厠神（かわやのかみ）がいるとされ、その神に紙を掛けているという。雪隠に神が宿っているというが、愚かな考えだ。俺ら二人で何の苦もなく（ぶち壊した）。

5　雪院を縄でひかへし…「ひかえし」は「ひかえす」で、ひっくり返すの津軽方言。「罪《バチ》は音出す」はバチ（罰）に太鼓のバチ（撥）を掛ける。（神が宿るという）雪隠を縄でひっくり返したそのお咎めとして、矢よりも早く罰が当たったことである。

6　しる事なし事小町の夜ばい…する事なす事、望みどおりに行かない。深草少将が小野小町のもとに百日通ったという百夜通いの伝説を踏まえた台詞。

佐「おまへ達カ、何もかも物に落付なぐとんてきたんもの。夫からの事でこんなにしこじり[1]《（仕損）》出し、今《こん》にやはなんの事もなへ、此川向におれか覚た家か有。爰て泊りましべ」

弥「是ゟ幾り程有やすね」

佐「何わじか斗りの事たん」

はなしなから段々行過く。橋を渡り大わに[2]《（鰐）》と言所、有《（或）》家の戸口へ立、

佐「おどア[3]〳〵、目かさめでゐ《居》るな」

ト言とも音もなし。戸をどん〳〵〳〵と打。内ニ而《（にて）》、

（内の人）「だれだば[4]〳〵」

佐「おれだ〳〵」

内「佐吉様、何しに今時分来たば」

佐「今《コン》にや、べこつまらなへ[5]事ア有ツて来たん物ニ、起《ヲキ》でけろでや」

然に主《アルシ》は漸々おき出、戸を明、

（内）「どうして〳〵、こふ遅《ヲツ》ぐ来たでア。ヤ、三人たなア」

弥「御でい[6]《（亭）》さん、死る[7]《しめ》斗《（ばかり）》。御助〳〵」

其間にかゝもおき出、先三人ともニ爰へ泊るわけになり、依《（よって）》、今日の仕だい《（次第）》、佐

1　しこじり…しくじり。

2　大わに…七月二十六日の夜に着く。

3　おどア…津軽方言、おとうさん。中年以上の男性に対する呼称。

4　だれだば…誰だ。バは疑問の助詞。

5　べこつまらなへ…えらくつまらないこと。

6　御でいさん…ご亭主。

7　死る斗…死にそうだ。右訓「しめる」とあるが、「め」は「ぬ」の字形類似による誤写。

吉はあらまし物語、大笑となる。夫ゟ打ふし、翌あさ、夜の明るもしらじ、四ツ頃[8]起出、湯に入、朝めしを仕舞。

弥「辿も遅《ヲソ》ぐなつたから、しちかに仕度仕《し》やしやう」

北八「辿もの事。此所て湯次仕やしやうか」

佐「いや〳〵、ゆうべの侍は隣村に居る物。モシ爰さ来た時は、かれこれ事は六ツケ敷。さつさトゐきましべい」

弥次「油断[9]は大てぎ牛のふん、あがつてしべるはきまり居る」

是ゟ仕度調、ねんころに宿礼を払、此家を立。此所湯次場ニ而、売女[10]抔もちら〳〵と見へる所。ふふ《（夫婦）》ニ而髪洗、髪をくし巻[11]《まき》ニいたし、其櫛まきを晒白[12]ニ而まん丸ぐ包。夏なれは板〆[13]抔の繻伴或はひちりめん《（緋縮緬）》。其上に薄色もめんの大もよふ、ひとへ物。二人連立帯しめす、かすり前かけ[14]、其跡ゟ湯上りの男湯かたを着、しそまくりあけ、前[15]の所をちかけ《（突掛）》、八《（鉢）》巻を〆《（締）》、かへき[16]《（掻筒）》持なから女郎の名を呼かける。

男「ヲイ千代嶋子[17]《コ》、まで《待》でア〳〵」

女、跡を見て、

(女)「いゝゐ待《まち》へん。おまへ若嶋[18]か。どごさゐぎ[19]《所へ行》へ」

男「ヱイちくしやうめ。待と言にべらぼアしや」

8　四ツ頃…午前10時頃。

9　油断は大てぎ牛の糞、あがつてしべるはきまり居る…油断大敵、うっかり牛の糞に上がったら滑るのは決まっている。

10　売女…遊女。

11　くし巻・櫛まき…女性の髪の結い方の一つ。紐で結わず、髪を櫛に巻き付けて髷としたもの。

12　晒白…ふつうは一字で晒と書くが、「さらし」と読ませるのであろう。

13　板〆…板締め染め。

14　かすり前かけ…かすり＝模様の一種。かすったように描いた模様。

15　前の所をちかけ…「ちかけ」は「つっかける（突掛）」。着物の端をちょっと引っ掛けるようにして持ち上げる。

16　かへき…カイギ、カイゲとも。湯などを汲む容器。

17　千代嶋子…地元の遊女の名前。

18　若嶋…地元の若い者の名前。

19　どこさゐぎへ…どこへ行きますの。

北八、是を見てよめる、

　大[1]鰐と聞はおそろし所なり

　　能々見れはたぼ[2]の鰐[3]口

夫より此所の名物[4]木地引細工は、[5]ゑい(良い)頭の引物は家事に出来る。此細工所へ立寄見れは、煙草入、[6]灰打、鍋台、茶入、酌子、椀、鉢迠も見るニ、仕上、夫婦連、轆轤綱《ろくろづな》を廻し、綾をとり、夫《ヲツト》ハ〈[7]鑿の形の挿絵あり〉如此の道具を持、さいくをいたし、

　北八「其灰打はいぐらしる」

(細工師)「ハイ二分でごへし」

北八「こいちじやねい。煙草入の[8]根付らしい物よ」

(細工師)「アヘ是は二分でごへし」

　佐「ハ、是は十二文た」

と取て北八にやる。

　北八「安いもんじや」

と銭を払、此所を立出。

　弥次「今、縄をひつばつて居る女の顔を見たか」

1　大鰐と…大鰐と聞けば恐ろしい所だが。オオワニは元オオアミ、オオアニとも言ったという。大鰐は近世から。

2　たぼ…若い女性をいう俗語。女性の結髪の後の方に丸く出た部分。転じて女性の意。

3　鰐口…仏堂や神社で使う金属製の音具をいうが、転じて、人の大きな口を嘲っていう語。たぼの鰐口とは、若い女が大口を叩くこと。

4　木地引き細工…木地挽きと書き、木の細工物づくり。大鰐は木地挽き細工で有名だった。

5　ゑい頭の引物は家事に出来る…良い頭(職人)の挽いた物は～～

6　灰打…後に「煙草入の根付らしい物」とあるが、具体的にどのような道具か未詳。

7　鑿の形の挿絵…次ページ参照。

8　根付…矢立、印篭、煙草入れなどの下げ物を帯に挟んで落ちないようにする留め具。

北八「見たとも〳〵。あをのけにして顔へ水を汲《クミ》[9]だらば二合五勺も入だろう」
佐吉「あれは酌子[10]と言面《ツラ》たん」
弥次「酌子[11]引たから能イ看板たは」
佐吉「そしてへら[12]増《まし》だん」
弥次「酌子面《ちう》はいゝか、へらましとは何の事よ」
佐「夫トの年ゟ女房の年か増し居る夫婦の事を、此国て言」
　夫婦の中六ツ間敷木地引は
　　酌子て結構へら増でよし
弥次「ハヽ〳〵、続《よめ》た〳〵」
北八「出来た〳〵」

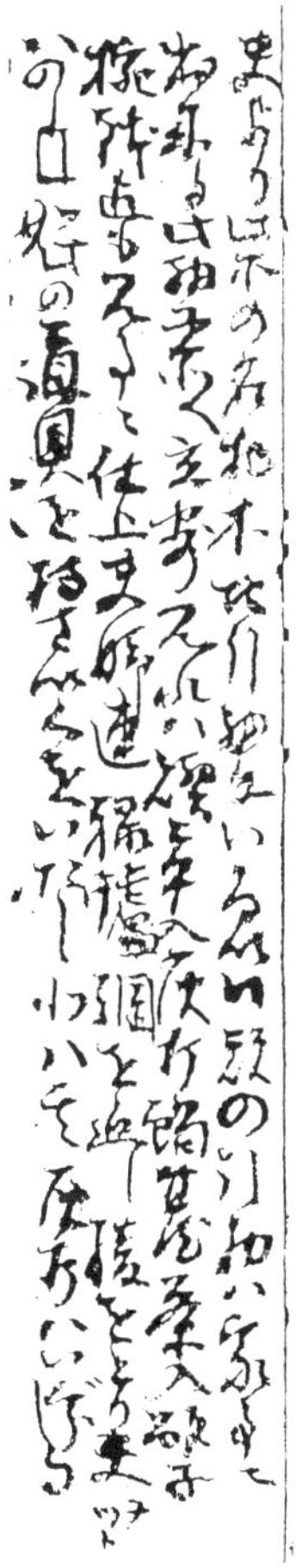

『奥州道中記』四七丁裏
四行目上部に鑿の形の挿絵がある。

9　汲だらば…原文では汲にクミと振るが、ここは単に漢字それ自身の読みを示したもの。
10　酌子…轆轤の縄を引いている女房の顔を形容して杓子・酌子と言った。
11　酌子引たから能イ看板だは…酌子を引いた（作った）から良い看板だよ。杓子の酌を、酒の酌に掛けて洒落を言った。
12　へら増…年上の女房。津軽方言にもあるが、大館の佐吉の台詞にあることから、北秋田の方言でもあったか。

夫ゟ此所を出、大[1]くわん《(代官)》へ趣《(赴)》。爰に鶴[2]返し坂と言所有。此峠の上、誠ニ風[3]景の所なれは、上[4]々様も御休息之場所なれは、早クも坂の上ニあかり、一吹吸付。其景色言語に難譬《(たとえがたし)》。弥二郎も一哥やらんと思へとも、是迄落[5]駄狂哥では口から出されし所ゟ、

弥二郎兵衛「佐吉さん、おめい狂哥上手だから一吟出しなせい。おら[6]よた者は出きん〱」

(佐吉)「北八さま、やらんせ」

北八分別して、

(北八)「ア丶、扨も〱、能哉〱、ハア〱」

と笑なから爰を立。是ゟ下り坂ニ而、川原へ下る。此所流[7]木の土場なれは、大勢寄集、川上ゟ流れ来る流木を□らいてとめ、流木水上ノ人夫とも素裸ニ而、岡へかち《(担)》き□るを、三人共上ゟ見れは、蟻の子の如し。

是を見て弥二郎兵衛、

高き岡登りて見れは人夫とも
たれもかも皆いそかわしけに

是ゟ鯖[8]石と言一軒茶屋にかゝる。

1　大くわん…代官。ここ宿川原には代官所、脇道番所が置かれていたという。
2　霍返し坂…この地名については未詳であるが、本書の記述から現在の「鶴ケ花」に合致し、「鶴ケ花トンネル」がある。またここは近世では「剣ケ鼻」と呼ばれ、羽州街道で参勤交代の主要街道であったという。補注15。
3　風景の所…「誠ニ風景の所」「良き」の脱か。
4　上々様…殿様、藩主。
5　落駄狂歌…駱駝と書き、近世、形ばかり大きくて内容のないものの形容に使った。
6　おらよた者…おれのような者。「よた」はヨウダ・ヨウナの津軽方言。
7　流木…ながし木と言い、弘前藩政時代、伐採した木を岩木川に流して運搬した薪材。春の雪解けによる増水を利用して運搬した。補注16。
8　鯖石…鯖石村の茶屋を通り過ぎる。

茶屋女「休てゐ《行》きへん。はんべい[9]喰てゐきへんか。一吹あかりへんか」
北八「休ンたなら、にこり酒をくらわしたろう。是ニはこり〱た」
女「にこり酒はごへへんでア。高崎[10]での諸白子アごへしでア」
三人は是ヲ見向もせす通りぬける。程なく石川橋[11]ニいたる。
弥次「なんだ、あぶねいヨ。幅かせめいから下の流を見るとめまいかしる。佐吉さん静《シツカ》に歩行《アルキ》なせ」
北八「向から馬か来た。戻りやしやうか」
佐吉「馬よげか有はで、ゐ《行》かんせ〱」
然に、はしの中程ニ溜り場か有故、其所へ三人寄て馬を通し、又向ゟ馬か来り《（ママ）》ゆへ待合、しばらぐ有て傍近ク馬引来り、馬方のうだ《（歌）》[12]、
かわい男と夏吹く風は、そよと吹でもうけはよへ
ちやんちやどつちごちん
左之弟《さのと言弟》アあどおま《馬》内《ヲモツナ》なふくた《マタク》
北八「そんな面白クもねいうた、誰《タレ》か聞もんじや。馬さつさともつて行」

9 はんべい…津軽の豆腐料理。
10 高崎での諸白子アごへしでア…高崎（現　弘前市）でつくった酒がございますよ。
11 石川橋…石川村手前の橋。
12 （馬方の唄）…可愛い男がつく嘘と夏に吹く風は、ほんの少しでも受けがよい（歓迎される）。補注17。
吹くは、嘘・自慢を言うことか。ちやんちや〜〜の全体の意味は未詳だが、右訓の「ヲモツナ」は馬具で、くつわ、面綱と思われる。『奥民図彙』に「轡頭」ヲモツナの図と説明がある。なお北奥方言にはオモヅラという語もある。

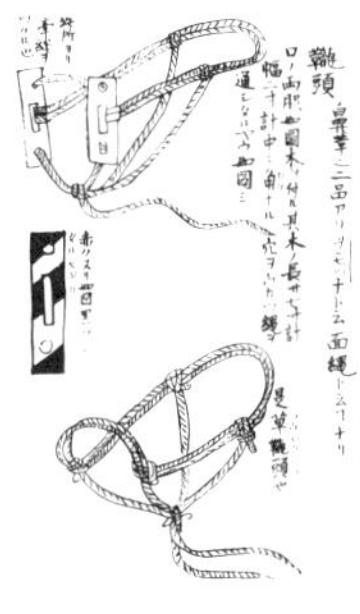

『奥民図彙』にみる「をもつな」「轡頭」。比良野貞彦『奥民図彙』（前掲書　四二ページ）より転載。

馬方「ムカ[1]、おもしろくなくても、わ《我》をもしろへでア。ハア、べらほくさい[2]も
のアどた」
と行過る。又続で、馬来たる。
弥次「ヤ、、此馬を待受るなら、橋の上て日かくれる《暮》。夕卩《ゆうべ》、大わにて泊る
時、佐吉さんか言通り、べこちまらなへ[3]」
佐吉「べごてなへ、馬ちまらなへ[4]」
此近国、牛をべこと。弥二、北八は此わけをしらす。故に、
北八「佐吉さん、其べこつまら《な脱》へと言其べこは、ソリヤどんなもんじや」
佐吉「わざと此言葉は此国て流行、能《よき》も悪きニも遣言葉[5]」
弥二「コリァ面白言葉なる」
と。頓而馬も通り過る。漸々橋を渡り[6]仕舞所ニ而、石川村へ入。
佐吉「此所に能茶屋か有。休て行べい」
弥次「又か〳〵」
佐吉「アレ〳〵。向の人立有所だん」
北八「いそけ〳〵」
とかけ行。

---

1 ムカ…お前。津軽方言。83ページにも。ムガ、ウガとも言う。例「ゥガァのつらも見てくねじゃ」

2 べらほくさい…ベラボウクサイ（篦棒臭）で、ばかばかしい、ばかくさい。この語の初出は、小栗風葉『恋慕ながし』（一八九八）である（『日本国語大辞典』）から、『奥州道中記』の例が文献上もっとも早い。

3 べこちまらなへ…とてもつまらない。べこ（牛）は強調。

4 馬ちまらなへ…べこちまらなへのべこを馬に替えて。

5 わざと此言葉は此国て流行能も悪きニも遣言葉…津軽で流行っていて、良い意味合いでも悪い意味合いでも使うことばだ。「わざと」と言うことばとは、ベコを指し、ベコは良い場合でも悪い場合でも、それを強調する場合に使うことばであろう。

6 平川に架かる石川橋を渡り、石川村の茶屋に入る。次ページ参照。

茶屋女「御休なしやへ。[7] 一吹上りへんか。[8] 名代のはんべい、あつ（熱）どごでごへし」[9]

弥次「あつ所の半兵衛とはおつよ半兵衛か。[10] こいな半兵衛か。[11] ヤレ〳〵橋の上に立しぐ（竦）んだ脚《あし》かくたびれ、[12] べこつまらねい」

抔と三人腰ヲかけ、

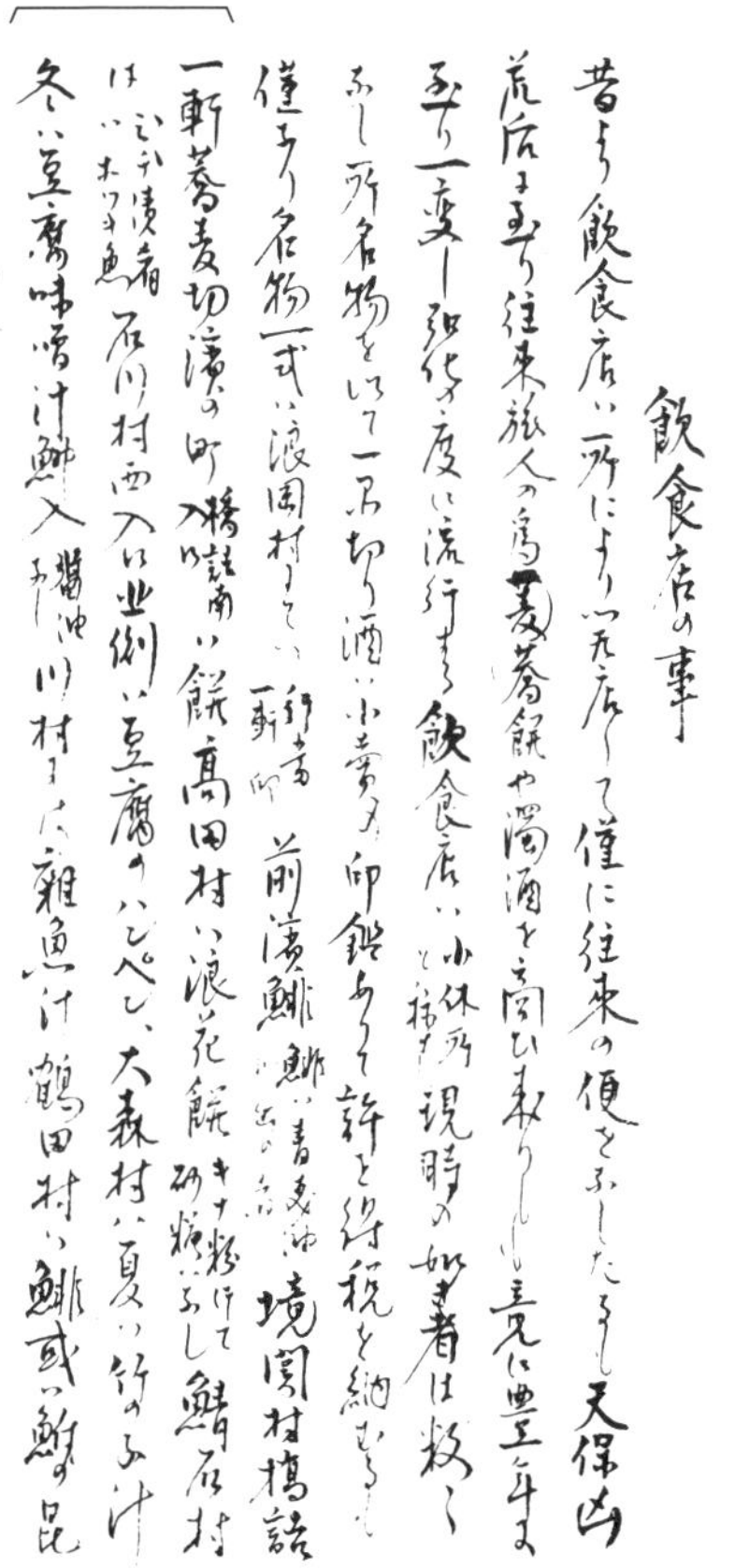

内藤官八郎『弘藩明治一統誌月令雑報摘要抄』（青森県立図書館郷土双書第七集　一九七五　青森県立図書館）より転載。

「所（の）名物」として、「石川村西入口北側ハ豆腐のハンペン」と記されている。

7　御休なしやへ…お休みなさいまし。

8　一吹き…煙草を一服。

9　名代のはんべい　あつ　どごでごへし…「はんべい」とは石川村の名物で、豆腐を煮た料理。「あつどごでごへし」は、熱いところでございますの意。

10　あつ所の半兵衛…次の「おつよ半兵衛」に懸けた地口。

11　おつよ半兵衛かこいな半兵衛か…お千代と半兵衛、小稲と半兵衛。

お千代と半兵衛は、近松門左衛門『心中宵庚申』の八百屋半兵衛と妻お千代。

小稲と半兵衛は、浄瑠璃・歌舞伎でとりあげられた心中事件の芸者小稲と稲野屋半兵衛。

半兵衛にはんべいを掛けた。

12　立しぐんだ…立ちすくんだ。

弥二「女、よい酒を出してくんねい[1]。夫に半兵衛も出しな。おれか小いなヲや
　つて見るから」
其間ニ酒とはんべん[2]出る。
北八「姉さん早ク其半兵衛さんを出しなよ。小いなさんか待《まト》[3]て居」
此女、言葉かわからぬゆへ「アヱ〱」と奥ニ行。
佐吉「弥次さん御初メなされ」
弥次「ヲヽ有間〱、ヱヽ酌へ〱。べこつまらねい」
北八「とれ〱」
とぐひとやり、佐吉へ廻し、
北八「コリヤ半兵衛さんはどふした。早ク見てい」
佐吉「大かた半兵衛殿は病気たんべい」
弥次「女、吸物もりかへ《（盛替）》[4]」
と椀を出し、
佐吉「おれも〱」
と、わんを出シ、二人へはんべんをもりかへいたし、
女「おめやも[5]はんべこかへ《（替）》で喰へ」

1　くんねい…（出してくれ）クンネイはクンネエともクンナとも。ネイは「なさい」の変化した語。
2　はんべん…はんべいに同じ。
3　待つて…原文「待」の右傍に「まト」とあるが、「ト」は不要。
4　もりかへ…盛り替えで、おかわり。
5　おめやも　はんべこ…あなたもはんべんを替えて食べなさいよ。食いへ。「おめや」は、お前、あなた。「はんべこ」は「はんべん」に指小辞コを付けたもの。「喰へ」はクへ（食え）ではなく、クイへ（へは～なさいの意）であろう。

北八「ナニ半兵衛公。其半兵衛かとこに居る」
女「アレ、鍋で煮《に》[6]てゑしたねい」
北八「おそろしい女じや。半兵衛を煮でたまる物か」
弥次「ハ、半兵衛とは豆腐《トウフ》の事か」
佐吉「おめや達《たつ》、半兵衛〳〵とは何の事と思たんか。はんべんの事たんか。爰の名代豆腐煮の事だん」
北八「ハ、、其半兵衛の為べらぼふにうじやね取て、[7]つつかと[8]べこつまらねい」
弥次「つつかと〳〵おかしい。佐吉さんでねいけれとさ。ゑぎましべん」
と爰の勘定を済し、一狂(興)やらしか。

[9]五右衛門ならは釜煮をしる筈に

鍋で半兵衛石川の茶屋

かぐ吟じて爰《コヽ》を立出。両側の并[10](並)木松、枝葉栄へ、往来くらみ、是ゟ城家(下)へ近き故、松も揃ひ、往来の地面、畳を敷たるかことし。北八、松の合間ゟ田甫(圃)ヲ見て、

(北八)「佐吉さん、あれは何をしるのさ」

佐吉「アレハ田の草取のたん」

---

6 煮てゑしたねい…煮ていましたよ。
7 つつかと…全く、すっかり。チッカトとも。
8 べこつまらなへ…74ページ注3参照。
9 五右衛門〜〜…石川村と、釜茹でになった盗賊・石川五右衛門を掛けた。
10 並木松…石川から弘前までの街道脇に植えられた松並木。

北八「こつちの方へ尻《しり》を向テ双《ナラヒ》ひ居る女とも見れは、[1]串団子のあんかけと言もんた」
弥次「ヲ、何人た。七人か八人か能揃たりや。皆女斗りか《(が)》べらぼふに尻を上る。あへつらか素裸《ハタカ》であの様になら《(ん脱)》だらどふたらう」
佐吉「そんだ事したら北八様は草をとるとて[2]手伝内《(てづない)》にゐぐべん」
北八「おへらゟ弥次さん先懸《サキカケ》たらう」
弥次「べらぼふめ。あんな業《わざ》ヲしてうじやね取事いやた」
佐吉「弥二郎様は此国さくると国言葉を能遣ひ、へこちまらなへのうしやねとるの」
弥次「段々おぼへなくつちやいかねいヨ。夫ソレとふふを半兵衛[3]よしか、雪隠を[4]かふが、夫に蛇草をみじ、夫《ヲット》ゟ女房か年か増《まし》て有とへらまし、何てあろうか。此国の言葉を能おぼへで居よふとしるのさ。[5]つつかどおらだけァわしれなァや」
佐吉「ハ、く、能出来る。つかる言葉其侭《(そのまま)》だん」
然るに跡ゟ追付て来る男傍《(そば)》近ぐして、
其男「どなたも御太儀様」

1　串団子のあんかけ…田の草取りをしている女たちの後ろ姿を、餡を掛けた串団子にたとえた。
2　手伝内…手伝いのこと。津軽ではテツダイのことをテヅナイ・テヅネエというが、語尾のナイ・ネエの音が漢字の「内」に反映されているのである。
3　よしか…（これで）よいか。
4　かふが…高架。便所。
5　つつかどおらだけアわしれないアや…全然私は忘れないよ。「つつかと」77ページ注7参照。

と言葉をかけ、
弥次「先生も御太儀様」
男「おまへ方どこ迠[6]ゐ《行》きし」
弥次「弘前て泊りやし」
男「私も弘前さゐ《行》ぐはて一所ニゐきそ[7]」
其者之姿を見るに、染もよふのひざゟ上切の繻伴一枚素足へ繻半斗黄色の三尺豆手ぬくひ八巻《(鉢巻)》〆丸大と言印付の樽上にあけで脊負《セヲイ》、花染のふんとしの前をさけ、脇さし一本。
男「おまへ様方御国はどこてこゐし」
弥次「江戸さ」
男「江戸はとこの辺でこゐし」
弥次「[8]神田八丁堀、間口廿軒の町人衆」
男「[9]そへば御大家の御家来でごゐしな」
弥次「亭主直々の道中。松前三四万両の取引か出来で、見物なから自身と出かける所たから、多分の家来好まぬ性だから、態《(わざ)》と家来一人連《つれ》来り」
男「そへば旦那様御直々の御出[10]夫《(府)》とも知らじ、不調法の言葉を申上た。しかし

6　ゐきし…行きますか。「し」は丁寧のマス。
7　ゐきそ…行きましょう。「そ」は丁寧のマスの勧誘形。
8　神田八丁堀…『膝栗毛』では、弥次郎兵衛が駿府から逃げて江戸に住んだ場所としている。現在の神田鍛冶町とされる。補注18。
9　そへば…それなら、そうすると。
10　御出夫…御出府。出府とは地方から都府（江戸）に出ることを言うが、ここではそれを逆に用いた。

江戸て米一舛《(升)》は[1]なんぼしてゑ□してごゑし」
弥次「一舛の真段《(直)》は、おへらかしる物か。二朱に七舛位の相場であらう」
男「大豆は」
弥「二朱に一斗四五舛位か」
男「そして小豆は」
弥「米位の物サ」
男「そして蕎麦は」
弥「一盃は[2]ねぶか《(根深)》となんば《(南蛮)》入廿四文サ」
男「なんば一舛なんぼしまし」
弥二「何さ、なんばはしれた物。ヲヽそふてねい。一舛金三分位の者《(物)》さ」
男「ヲヱ〳〵。是ァ又直段《(ねだん)》こアゑ《よい》へ。なんば買て江戸さ持てゑて売べへ。
　ソシテ江戸で[3]さんぶつはなんほしまし」
弥二「さんぶつとは何の事たろう」
男「アレ〳〵。さんぶつ[4]こゑし」
弥次「そんな物はさつばりねいヨ」
男「[5]ゑかなしたばて、さんぶつのなへ国も有べか。

1　なんぼ…どのくらい。
2　ねぶかとなんば…ネブカは根深、ネギの異名。ナンバは南蛮、唐辛子の津軽方言。
3　さんぶつ…女郎。『全国方言辞典』に「淫売婦。津軽」とある。
4　こゑし…あるでしょう。
5　ゑかなしたばて…いくらなんでも。「ばて」（逆説の接続助詞）、けれども、だが。

　　ヲ、ソレヨ。女郎の事たく〱」
弥次「ハヽ、女郎の事さんぶつ。又壱ツおほえだ。其さんぶつは廿四文ゟ一両
　　二〔分〕《（部）》迠[6]段々有ヨ」
男「夫は[7]めつたに高いさんぶつた。其内二朱位のさんふつ買ば、肴はとふいふ
　　物は出しまそふ」
弥次「酒は一升位ニ、肴は三品も出やし」
男「[8]そせばや《（安）》しい物た。其肴何さかなたべ」
弥次「[9]は《（鱧）》もの小串と鮑の井《（丼）》位」
男「其鮑か[10]目形なら、との位の者《（物）》た[11]ねし」
弥次「目形は四拾四疋四ト《（分）》四り《（厘）》。小串の目形は四拾四疋四ト《（分）》」
男「其ノさんぶつの着物はとふ言物をきまし」
弥次「着物の目形は四百四拾四疋四ト《（分）》四り《（厘）》四毛四分。又江戸と言所は、さんふ
　　つ共等、至而《（いたって）》大喰《クラ》ひの所たから肥《コエ》ふくれなれは、其重《ヲモ》さ[12]柏戸の如し。目
　　形は風袋《（ふうたい）》引、正み《（味）》丸裸《ハタカ》ニして四拾四〆四百四拾四疋飛で四り《（厘）》余」
男「着物の価は」
弥次「四両四〔分〕《（部）》ト銭四〆四百四拾四疋四ト四」

6　段々…いろいろ。
7　めつたに…たいへん、とても、やたらに。
8　そせば…それなら。ソヘバとも言う。
9　はもの小串…鱧の串焼き。
10　目形…目方。
11　ねし…津軽方言の、敬語終助詞。
12　柏戸…江戸時代の力士で、柏戸宗五郎と柏戸利助がいる。利助は陸奥国津軽郡（青森県五所川原市）出身という。

男「どふして何もかも四四となりましる」
弥次「江戸といふ所は四里ニ四里四面。其中の四角へ所へ往《(住)》物たから万端四を象《カタト》る者也」
男「そんだら江戸の人は四十四ニなる年死ねばよい」
北八「おめいとんた事を言。そんならおへらも四十四に死なねばならぬ。いめましい」
此時、向ゟ来る者、馬を引なから其男へ[1]ぐわつたり[2]打合し、
男「此畜生《ちくしやう》め太《フト》ひ奴た。[3]まなぐ《(眼)》玉なへか」
馬方「真平《まっぴら》[4]御めんけへ」
男「御めん位で済なへから、[5]てへん踏《フミ》くわしぞ」
此馬方、[6]酒きけんの大男なれはあまり恐れじ、頭を[7]のべ《(伸)》で、
(馬方)「さア此奴[8]ぶつくわへ」
今の男は[9]握《にきり》手ニ而一ツ打。馬方、片はた《(肌)》ぬき「此奴」と言まゝ髪の元取《(もとどり)》をとつて、
(馬方)「コリヤ[10]こふしたらとへば」
と言て、跡の方へ[11]だつ〳〵と戻し、

1 ぐわったり…ばったり(鉢合わせになるようす)。
2 打合わす…ぶつかり合う。鉢合わせ。
3 まなぐ玉…眼玉。
4 御めんけへ…お許しくださ い、ご免ください。
5 てへん踏みくわしぞ…頭を踏みつぶすぞ。てっぺん(天辺)は、頭。「くわす」は「こわす(壊)」の津軽方言。60ページにも「せちんくわしとてあたん」とある。
6 酒きけん…酒に酔って良い機嫌になっている。
7 のべで…(頭を)突き出して、差し出して。ノベル前出。
8 ぶっくわへ…ぶっつぶせ、ぶっつぶしてみろ。
9 握手…「にぎりで」という語は諸辞典にみえないが、拳、握り拳であろう。
10 こふしたらとへば…こうしたら、どうするか。
11 だつだつと…擬態語タッタッ(すばやく動く様子)の方言形か。

男「此[12]ほへとめ。[13]むかに[14]肩《まけ（負）》べなしや」
と其手をとり、くいちぐ《（食付）》。大分のけんくわとなる。
佐吉「弥次郎様、北八様。こふ言所ニしばらぐ居るとわるい。ゆぐべい」
と二人りの袖を引、其場を足早にさる。
北八「佐吉さん、今けんかしる言葉を聞に、ほへとゝ言は何のごつちや」
佐吉「ア、、アレハ小喰《（乞食）》と言事だん」
弥次「又壱ツおほへだ。小喰の事をほへと。ハ、、ソレ佐吉さん、向に家並か
見える。アレハ弘前か」
佐吉「ハ、、何のこつたば。アレハ大沢と申村だん」
程なぐ村に入と、十五六の娘とも往来の片わらに五六人寄、[15]葉むしろを敷、カノ紺布へ白糸にてさし付たるを着し、銘々何やらん針わざをしるよし。見れは、例の布へさし付もよふ置ところ也。
佐吉「コラ[16]めらさど、[17]ばけまゝ《夕飯》は出来たか」
娘とも「[18]またでこへし」
弥次「佐吉さん、今の言葉に、めらさァどゝは何のごつちや」
佐吉「めらしとは娘の事だん」

12 ほへと…乞食。陪堂（ホイトウ）から転じた。
13 むか…お前。ンガとも。津軽方言。（74ページにも「ムカ」）
14 負べなしや…負けるはずないぞ、負けるものか。
15 葉むしろ…この語は諸辞典にみえないが、ガマ（蒲）の葉で織った筵のことか。
16 めらさど…娘たち。メラシ（娘）の複数形。メラハドとも。
17 ばけまま…夕飯。
18 またでこへし…まだですよ。

弥次「又一ッ」

北八「ハ、、こいちや面白。めらしさん、何を縫《ヌイ》付居る。トレちつとばかし見せなヨ」

と、其内一番顔の能娘かそばへ行。

（北八）「おれにもおしへなせ。おめいの名は何と言やしね」

と脊《(背)》を打。

娘「[1]ヲアエハ[2]きらへだでや」

弥次「北八てめいそこへ入込で何をしる。めらしにきらわれで[3]見ぐせい男た」

其内年行の娘「アハ〳〵。此人ァこゞにゐ《居》で[4]焼餅たゝへた。

アハ、〳〵」

弥次「何、おれか何を打た。コリヤめらし」

娘「[5]おめや《(お前)》焼餅ヨめつたにたゝぐ」

弥二郎わからぬゆへ、まこ〳〵しる。

佐吉「弥二さんソレ又一ッ。焼餅とは[6]りんき《(悋気)》の事だん」

弥次「ハ、[7]こいちや奇《キ》妙〳〵」

北八「弥次さんおめい書付なせい。わし《(忘)》れやし。聞た事を書付置といゝじやね

1　ヲアエハ…感動詞。現代津軽方言のワイハア。

2　きらへだでや…いやだ。このキライは、好き嫌いの好きと対立する意味ではなく、拒否の意味で、現代の津軽方言と同じ用法である。デヤは現代津軽方言のジャと同じ。

3　見ぐせい…恥ずかしい。みっともない。現代津軽方言のメグセエ。

4　焼餅たたく…焼き餅を焼く。津軽では焼き餅をタタクという。

5　おめや、〜〜めつたにたゝぐ…あんたはやたらに焼き餅を焼く。

6　りんき…悋気、嫉妬、焼き餅。

7　こいちや奇妙…こいつは素晴らしい、おもしろい。

いか」

弥次「成程そふた」

と、や《(矢)》立を出して、

(弥次)「是から此国の言葉をけいこ《(稽古)》しなくつちやならん。ヲヤ〳〵、[8]矢立子の墨子かわ《(乾)》いた。めらしこ水こ入て頼ヨ」

北八佐吉「ハ、大分やるは〳〵」

然るに後の方〻今のけんくわしたる男、

(男)「ヲ、イ〳〵、江戸の人〳〵」

と呼かける故、ふり向見れは、おかしな形《(な)》りニ而ふら〳〵して来る。傍近クして、

男「おまへ達[9]いたれなへ人た。[10]袖ふるも他所の縁《えん》とやら。其縁もなぐ、私を捨て来ていたれなへ。われ[11]在《ざい》郷者とあなとり、馬鹿にして仕かけたけんくわ、かへつて向の者ニしたゝかたゝかれ、あたまから血は流レ、いたくて〳〵大へんた。おまへ方ゐ《居》て[12]さへてけるもへなへで、あまりにぐへ」

弥次「夫は[13]近頃千万千鶴万亀、御目出たいでねい、御気の毒。北八は何か薬かねいか」

北八「有〳〵。[14]鳥井元の神教丸」

---

8 矢立…墨壺と筆を組み合わせた携帯用筆記道具。

9 いたれない…無情、つれない。

10 袖ふるも他所の縁…袖振り合うも多生の縁。

11 在郷者…田舎者。

12 さへてけるもへなへで…(けんかを)遮ってくれることもしないで、とても憎らしい。「さへる」はさえる（遮る・障る）さえぎる、おさえる、けんかなどの仲裁の意。「へなへ」は~シナイの意で、セナエ・ヘナエとも。

13 近頃千万、千鶴万亀…「近頃」は非常に、はなはだの意。さらに「千万」に「鶴亀」を絡めて大げさに強調した言い回し。

14 鳥井元の神教丸…正しくは、鳥居本。中山道鳥居本宿(滋賀県彦根市)の有川家で作られていた健胃薬。

弥次「べらほふめ。疵薬の事ヨ」
北八「ヲ、夫ヨ。江戸小伝馬丁二丁目明《アキ》樽屋酒内か家ゟ五軒目の向へ、夫より東の方へ一軒二軒目の家、其隣りの裏店に往（住）居しるた郎八と申者の主人は、生国は長崎大村の生れニて疵薬の伝受は誠ニ一度付るト直《ナヲ》（る脱）事請合。其人の名わしれたれとも、其人の女房の弟《の》の子供の主人、大坂久太郎町六丁目高助屋高助の家来、芝居役者の弟子と成、市村純助と言て、其疵薬の伝受ニ少々似《に》寄の薬《クシリ》売出シ、大キニはん昌いたしよし聞やしたか、所はとの辺やら知やせん。弥次さんおめいしらねいか」
弥次「おれもそんな六ツヶ敷薬はしらね。佐吉さんかおほへ有かしれん」
佐吉「成程。東海道五十三次《つき》の内小田原ニ八ツむねの家有。其家の薬か」
弥二「あれは[1]ういらう（外郎）店。此頃《ヤヽ》みじを喰た時もこんな事を言た。今の[2]間方ニ合物か」
北八「おめいの懐中に虫歯の薬は有筈。替りに付てやらんせ」
佐吉「おれか所ニ有[3]下疳やんた時付だ[4]黄拍（柏）の粉。是は[5]□かんしべ」
男「何んでもゑいはで早ク付て下んせ。ソシテ[6]胴中骨ヲ[7]うんて踏《フマ》れたはで、此[8]湯樽をそふ《脊屓》事ならなへ」

1 ういらう店…外郎を売る店。
2 間方に合う…間に合う。52ページ注1参照。
3 下疳…伝染性の性病の一種。
4 黄柏の粉…黄檗の樹皮から製した生薬。
5 □かんしべ…判読不明。
6 胴中骨…胴中骨は未見だが、胴中（どうなか）は背中をいうので、背骨のこと。
7 うんて…大変、うんと。
8 湯樽…湯樽とは、温泉の湯を運ぶための樽。ソフはショウ（背負う）の直音化。津軽方言。

9　かりかへ…交代する、またはかわりばんこの意であろうが、諸辞典にみえない。「かり」は「代わり」の音変化、「かへ」は「替え」か。
10　けへ…（して）ください。
11　先キ生…サキショウと読む。前世。
12　そへば／そせば…そうしてくれたら、それなら。
13　上々諸白こ…上等な諸白（お酒）を飲ませる。「こ」は指小辞。「へる」はサセル。17ページ注14参照。
14　けかした物…間違いをしたものだから。「けか」は過失、誤り、間違い。
15　わじかたさかへ…わずかなので。
16　おめい斗…おまえだけ。
17　不便…かわいそうなこと。不憫に同じだが、本来、不便と書く。

ト北八か顔を見てたるをおろし、
男「おまへ若ひ丈《だけ》、此樽を頼まし。此ふ呂敷包は大事の土産《ミヤキ》。是を又おまへ方二人してかりかへ[9]にそつて《脊屓》け[10]へ。是も道連《みちづれ》に成た縁なれば、是も深き隠（因）縁、先キ生[11]からの約束た。ソシテ弘前迠御頼。そへば[12]、礼の為上々諸白こ[13]呑へる」
弥次「大変た。佐吉さん、何としるかよい」
佐吉「イヤしかたなし。此様にけかした物[14]、城下迠はわじかたさかへ[15]手伝内《てづない》してやりましべ」
北八「佐吉さん、なさけねい事を言。おへらか荷物斗ても沢山て居るものを、おへらはいやたから、おめい斗[16]脊屓なせ」
佐吉「そせばおらも御めんだ」
弥次「おれもいやた」
男「そんだらどしたらよかべ。今日中に此湯樽を持てゐかなへは、おれはとんために合もしれなへ」
迚、声をあけて啼《ナク》。弥二郎も不便[17]くわへ、
(弥次)「ヨシ〳〵。そんなら地獄で円摩《（閻魔）》へ奉公と思ひ手伝内やしやう」

佐吉「夫はよからん。[1]なんきの人を助るは五往《ママ》ニなる」
北八「いめましい。しかしくすぬき[2]《(籤抜)》かよひ。まけた物《(者)》か樽弐持」
弥次「くすぬきもふる《(古)》へ。銭三文出し、一銭ツヾなめ[3]《(縵面)》の方へ張紙ヲ致シ、三人の名ヲ書るし、上ニあけ、落たる銭引返れば、其名の人、樽を持参之定。」
北八「夫は面白し」
迚右之通り致し所、北八負になる。
弥次「ソレ北八だ。よいあんばい」
北八「何もかもしる[4]事なし事、時大鼓同断、能《(よく)》はちが当る。しかたなし」
迚、樽を寄て
北八「ヤヽ重ひ〱。酒ならば呑て軽クしる法かあれとも、此中の湯とやらは、どんな物へ使ひやし」
男「おら所のおかみさんはヒセン[5]《(皮癬)》ニカテ困り居。此湯で洗ひ迚、待て居ましたべ」
佐吉「ふ呂敷包はおれか脊負ましべ。サ、行ましべ」
弥次「北八、其樽の上へ、おれがふ呂敷もあけでくれ」

1 なんぎの人を助るは五往ニなる…苦労している人を助けると五往になる。五往は功徳という意味と思われるが、この語未見。
2 くすぬき…鬮抜き、籤引き。
3 なめ…縵面と書く。銭の文字が記されていないなめらかな裏面をいう。
4 しる事なし事時大鼓同断、能はちが当たる…する事なす事、時太鼓と同じで、よく撥・罰があたる。時太鼓は時の太鼓。
5 ヒセン カテ…皮癬は伝染性の皮膚病の疥癬。「かて」は罹（かか）って。温泉の湯で皮癬を治すため。

北八「大へんな事ヲ言。此樽はべらほにおもへ。酒なら一斗も入たろ」

弥次「五舛入とかへ《(書)》で有」

北八「そんなごつたかしれん。此人へ手伝しると[6]五往ニなると佐吉さんか言た
はちけい《(違)》ねい」

男は[7]殻《カラ》立ニ而ぶら〳〵と先《さき》に廻りてあるきながら、

(男)「小栗山の茶屋サ行は、みなさまさ酒をあげる」

佐吉「弥次郎様、[8]かりかへたはて、おまへ一盃風呂敷をそ《(背負)》つてくだんせ」

弥次「おつと承知」

佐吉は風呂敷包を渡し、弥次は自分の包の上ニあけで、

(弥次)「重ひ物てもねい」

と言て行折、如何したりけん。包はほとげ、はら〳〵と落る。

弥次「南無三、荷物は落馬した。北八まつて〳〵」

皆々立寄、
男「ハヽ、[9]さたのかぎり。[10]何もいたまなへはよいが。さゝ柄杓の首かもけた。

もやしの首ももけた」

佐吉「其位は[11]けのなへ事たん」

6　五往…注1参照。
7　殻(カラ)立…想定されるカラタチ・カラダチ・カラタテ・カラダテという語は諸辞典にみえないが、手に何も持っていないことから、手ぶら・からて(空手)の意であろう。
8　かりかへたはて…交代したので。87ページ注9参照。
9　さたのかぎり…沙汰の限り。論外、もってのほか。
10　何もいたまなへはよいが…痛まなければよいが。
11　けのない…雑作のない、たやすい。92ページにも。

弥次「此草はなんちや」
佐吉「是は[1]大鰐名物もやしと言物たん。酒の相手ニ能キ物たん」
男「此もやしは半分は旦那分、半分はおれか買て来たはて、小栗山の茶屋て皆様さ喰せまし」
北八「ソレハ腹の下りやしもんちやねいか」
佐吉「腹の下りもんちや[2]有ましなへ」
夫〻風呂敷を包直し、足を早メテたとり行。早[3]小栗山ニも来れは、村の入きわに甚太か茶屋迚きれひなる店有。
男「爰た〱」
（と脱）言て、皆々腰をかげ、茶屋の女、煙草盆を出し、
男「コレ、[4]おか〱、此もやしを煎《に》上ヶで、[5]醤油かけてけせんか」
茶屋の[6]かゞ「ソリヤ[7]とこにこゑしば」
弥次「ヲツト、爰に〱」
と出し、
かゞ「コレ皆煎《に》上れは[8]よこへしな」
弥次「ヲ、サ。不残たべくらつでやるは。[9]又有、柄杓と引煙草入か有。是は小

1　大鰐名物もやし…『奥民図彙』の「モヤシ筥」の説明の中に「ヨシ田大鰐ノ辺ヨリ多クイツル」とあり、賀田、大鰐の名がみえる。天明期から有名だったらしい。売り声は「モヤシ買わせませんか」。
2　有ましなへ…ありません。マシナイは丁寧の助動詞マス＋打消の助動詞ナイで、近世江戸語にあるが、この形は現代方言にもみられる。
3　小栗山に到る…小栗山の「甚太」なる茶店。未詳。
4　おか…おっかさん。茶屋の女への呼びかけ。
5　醤油かけてけせんか…醤油をかけてくれませんか。ケ（くれる）セン（ない）カ。
6　かゞ…嬶。
7　どこにこゑしば…どこにございますか。ゴエシ＋バ（疑問助詞）。
8　よこへしな…良うございますか。ヨウ＋ゴエシ＋ナ（疑問助詞）。
9　又有柄杓と引煙草入…まだあ

串一品ニ、煎付一品。夫て三種ニなるは」
茶やの亭主「私五十ニなれとも柄杓引物[10]の小くすを聞た事かない」
弥次「イヤ誠ニけつこふな物よ。夫に今朝宿川原と言所て、流木[11]の吸物、川て
一盃喰やした」
亭主「夫は出来ました[12]く〳〵。爰の名物は七寸角のてんかく《（田楽）》も有まし」
弥次「其てんかぐか喰たいから三四本出してくれ」
亭主「向側にちみあけ《（積上）》て有さかへ、とれなり焼[13]てあけまそふ」
見れは大材物檜角[14]有。弥次郎そけ返り[15]、
（弥次）「あんな物はとふして喰れる物か」
てい主「あれ《れ》でも村の若ひ者とも丸呑にやり
まし」
弥次、北八きもをつぶし、

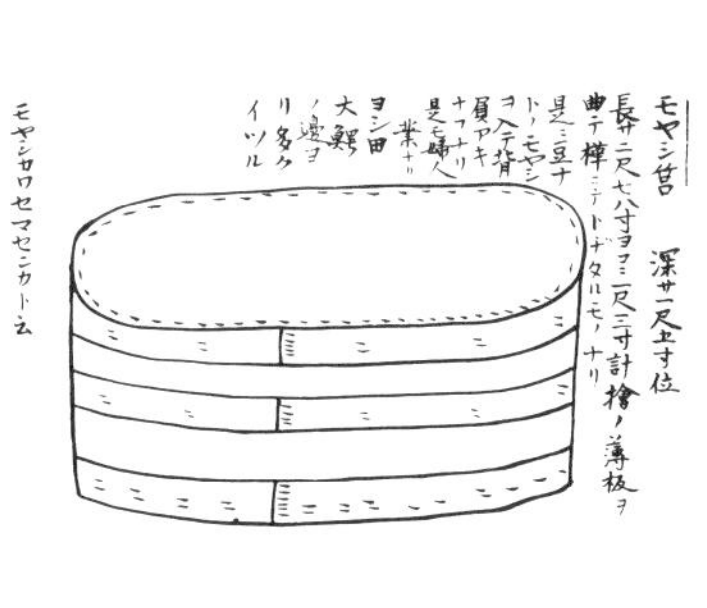

『奥民図彙』にみる「モヤシ笞」
比良野貞彦『奥民図彙』（青森県立図書館郷土双書五『奥民図彙』昭和四八年。六〇ページ）より転載。

るよ、柄杓と引物（料理の意）と煙草入れ。「引物」（料理の意）とあるべきところ、「物」脱か。

10 柄杓引物の小くす…小くすは小串。「引物」に、木地引細工の引物（柄杓、煙草入れ）と、料理・肴の意の引物とを掛ける。

11 流木…ながしぎ。72ページ注7参照。

12 出来ました…でかしました。よくやりました。

13 焼いてあげまそふ…あげましょう。「そふ」はショウの直音化。

14 大材物檜角…おおざい・もの（大きい材木）、ひのきかく（檜の角材）と読むか。「大材」は92ページにもある。

15 そけ返り…（やや威勢を張るように）そっくりかえる。51ページにも「そげ返り」とある。

てい主「其様《よふ》に[1]おこなへ事もごるゑへん《せ》。おまへさまの噺を聞ば、宿川原て流木の吸物を川て一盃あかつたと言事たさかへ[2]、あの位のでんかぐ（マヽ）はけの[3]なへ事た」
弥次「そふ言は尤なれとも、アノ大材を丸呑ならは、大きにうじやねとるだろ[4]う」
佐吉「ハヽ、ふしきは尤」
其言葉はヶ様〳〵と物語。
弥二「盗の事を呑と言[5]。おこなへとはおそろしい事。又弐ツ書記《しる》せ」
男「茶屋[6]のおか、ゑしゑし、酒のかんこはまだか。もやしはとふしたべ」
女「アイ〳〵」
と大鍋にかん酒を持出し、もやしの丼煮付物一砂鉢、干にしん。
男「サ、皆さまお初メ（始）なされ」
と茶碗一ツヽ、廻し、三人とも是は御地走と呑かける。
北八「此　井《トンフリ》（丼）は何じや」
男「其もやしをあかれ。おまへ方喰た事は有まい。ちつかとむまへ[7]」
北八「やゝ、桔構《けっこふ》でむめい。弥次さんやつてみなせ」

1　おこなへ…恐ろしい。おっかない。
2　さかへ…から、なので。原因・理由を表す助詞。ここでは、亭主の台詞で用いられている。他例では、佐吉の台詞にしか使われていない。
3　けのない…たやすい、造作ない。89ページ注11参照。
4　うじやねとる…難儀する。苦労する。補注19。
5　呑…ノムに「飲む」と「盗む」の意味があることから方言の話題にしている。
6　茶屋のおか、ゑしゑし…ゑしゑしは、呼びかけのオイオイ。
7　ちつかとむまへ…とても旨い。「ちっかと」はツッカトとも言う。77ページ注7参照。
8　松前様…ニシンのこと。
9　にし喰てだ□□…ニシン（鰊）を喰って～。□□判読不明。
10　其大き犬にけなへでして…そ

弥次「みじのにほひかしるようだ」

北八「おれは松前様[8]をやつて見よ」

とにしんの皮を引、皮を下へ捨ると犬か喰ひ、小犬来るをかみ付、大犬斗くらひ、

コレヲ茶屋のかゝみて

(茶屋のかゝ)「ア、、にし喰てだ[9]□□其大き犬にけなへでして[10]べだいん子《子犬ノ事なり》[11]に

けしなか《クレロ》[12]。もぢよげら《フビン》[13]ァね」

北八「おつかさん、小犬かもぢよげるとは何のこつぢや」

佐吉「不便《ふびん》と言事たん。弥次郎さん承知か」

男「酒を銚子かわり爰《モ》一盃《ハイ》かんを頼」

然るニ酒は段々呑しもり《仕舞》[14]所、カノ男板間へぐわつたりたをれ、跡の三人はもやしを喰ひなから呑付る間ニ、頓而七ツ下り[15]ニも至る頃、カノ男大ゐびき。又茶屋のかゝもヲクへ行。

弥次「大将はねつたかよひは[16]、今のもやし半分は旦那分。跡半分は自分買たもやしたから、此男半分地走をしる。跡半分旦那へ持参分。おれは不思[17]、皆煮させたから今ニ至り仕様かねい。なんとしたらよかろう」

佐吉「よい事か有。此男はねつ《寝》て居る。幸、茶屋のかゝも居合せじ。爰を捨《して》、

の大きい犬にはあげないで、別の（小さい）犬にあげないか、可哀想じゃないか。「けなへでして」は、くれないで、あげないで。ケは呉れるの津軽方言。

11　べだいん子…別の犬コ。

12　けしなか…あげなさいよ。ケ（くれる・あげる）＋シナガ（柔らかい命令。慣用的表現)。

13　もぢよげらアね…かわいそうだよ。原文右側の「フビン」は不憫のこと。無慙（痛ましい、同情すべき、気の毒）から、無慙《ムザン》ガル→ムゾウガル→モヂョゲルと変化した。

14　しもり…「〜して仕舞う」の方言シモル。

15　七ツ下り…午後四時過ぎ。

16　ねつたかよひは…津軽方言のネルの連用形はネッとなる。ネッテ、ネッタなど。

17　不思皆煮させた…「不思」（思わず）とあるが、この男は自分の分はすでに煮てもらっていたので、「不残」（残らず）の誤りであろう。

にけだほふか増《まし》だんべ。茶屋勘定は此男払とのあひさつ。何は兎《ト》もあれ、長ク居る丈荷物[1]□そつて行ねばならん」
カレ是めん（面倒）とふ起《ヲキ》、
弥次「[2]奇妙〳〵」
北八「佐吉さんの知恵誠以浅からじ。唐ては[3]孔明、張良、陳平。我朝ニ譬《タトイ》ならは[4]小野の小町か、[5]昭《てる》手ひめ、[6]知恵の袋の底と見へる」
弥次「ソレ〳〵、仕度仕や。何もわしれねいよふニ」
北八「此や郎か眠《ねむる》て居る面《ツラ》を見な。血の流も有。きわたの黄色も有。打れた所は黒きも有。白き手ぬくひ八（鉢）巻添て、五色の奴と出来て居る」
弥次「晒落所てねい。しじ（静）かに〳〵。目《メ》をさましてはたまらねい。サ、佐吉さん仕度よいか。ソレ笠をわしれやしな」
と此所を立、足を早メて走しる。夫〻十丁（町）位もかけ附。
佐吉「是〻しじかにあるきましべ」
弥次「やレ〳〵、大難のかれ南無阿弥陀仏」
北八「今頃は茶屋でどんなふ（風）ふで居たろう」
佐吉「またあの[7]や郎はねつてけつがつて居たべ。一狂（興）やらん」

1　□そつて…□判読不明。「そつて」はせおう（背負）の津軽方言、ソウ。
2　奇妙…すばらしい。良い考えだ。
3　孔明、張良、陳平…孔明は字、諸葛亮のことで後漢・三国時代の軍師。張良、陳平は秦末・前漢の軍師。
4　小野小町…美女として有名。
5　昭手姫…昭は照の誤。照手姫は説経節などの小栗判官の伝説に登場する美女。
6　知恵の袋の底…深い知恵。「知恵の袋」は知恵袋のことで、ありったけの知恵。
7　あのや郎はねつてけつがつて居たべ…あの野郎は寝ていやがったろう。～シテ・ケツカルは動作を卑しめて言う表現。

と佐吉ノ曰
新丁并《(並)》木松
岩木山
遠景
百年《モヽトセ》も
千年《チトセ》も
暮《(くれ)》し
并木松
越て
新町[8]
御足軽
町

8　新町、足軽町…弘前にあった町名。

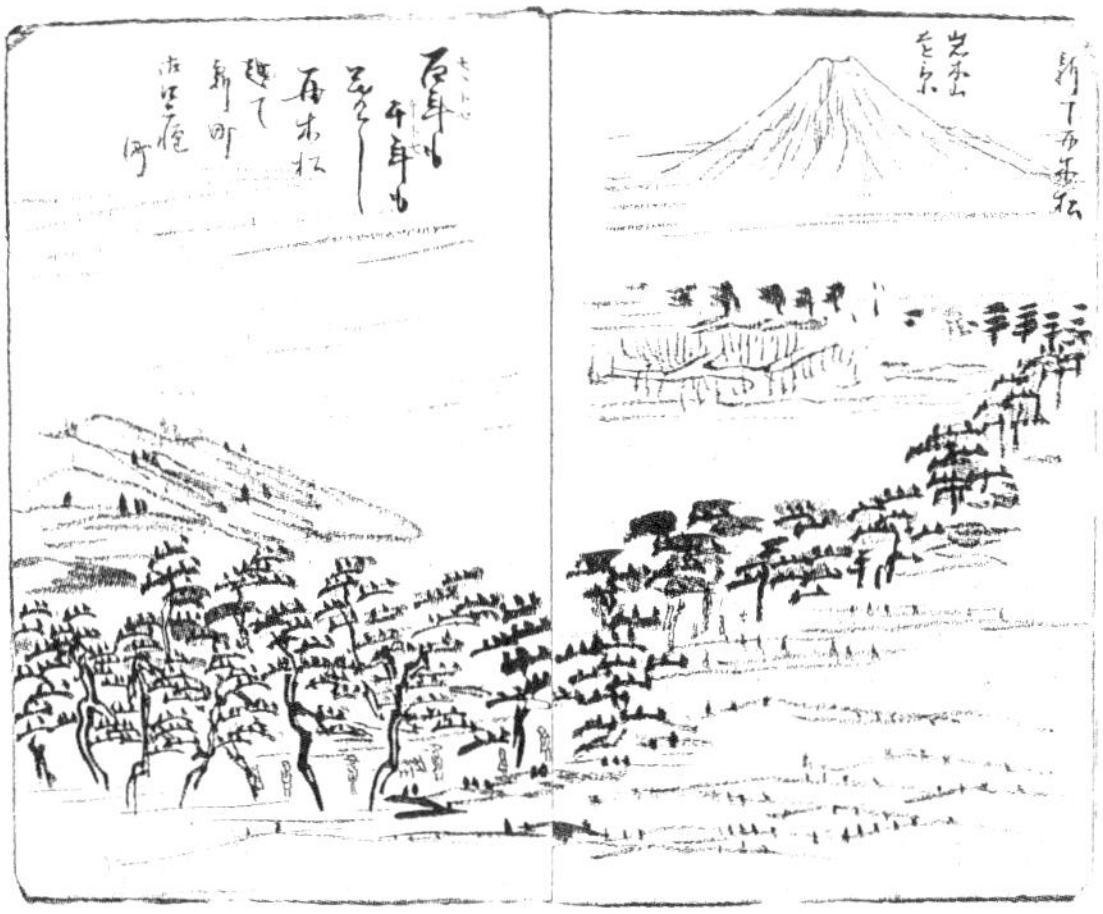
『奥州道中記』より「新丁並木松、岩木山遠景」
（弘前市立弘前図書館所蔵）

(佐吉)〽是迠の重荷をおろし其上て
　　小栗山程もやし御地走

弥次郎　〽小栗山奥の茶店へ大将を
　　酒も眠《ねむり》もさめぬ間ニ迯《にげ》

北八　〽是迠の重キ五性[1]を捨置で
　　罪軽《ツミカロ》クして迯る極楽

弥次　〽けんくわして勝《カッ》て返れは眠られす
　　負《マケ》てしゆび能ねるもそんなり

此打(知)狂(興)じ、并木松《まじ》の中を通り、向に岩木山青々と見へ、
佐吉「弥次郎様、御国の名山高神様[2]。一吟出しなされ」

弥二「おへ等よふならくた(落駄)[3]狂歌、高神へ恐有。もつていねい。出来ン〳〵」

北八「駿川(河)の富士山ニ能似たり」

と噺なから行過る。頓而、千年川[4]と言所ニ至る。大橋かゝり、川に水なし。弥次郎兵衛ふしんさに、

(弥次)「佐吉さん、水のなき川に橋のいらぬ物よ」

佐吉「ふしん尤だん。是ニは段々[5]わけの有事ニ聞ましたん。昔弘法様[6]諸国巡《メク》り

1　五性…五性は、五障の誤字か。五障とは、修道上の障碍となる五種のもの。煩悩障・業障・生障・法障・所知障。
2　高神様…荒神様。
3　らくた狂歌…72ページ注5参照。
4　千年川に到る…千年川に大橋が架かっている。
　千年川…平川の支水の一つの大和沢川のことか。平川水系の支水はその土地の名前を付けた名称で呼ばれていたので、この千年を流れる川であることから、千年川と呼ばれていたものか。
5　段々…いろいろ。
6　弘法様…弘法大師空海。

し時、此所ニ至り、船越を頼。舟の者、弘法之姿、難渋之坊主と見受しゟ、此川賃銭不足なれは渡かたし。弘法曰、難渋の旅僧一銭なし。自非《（慈悲）》の為、舟を頼と言。舟方、銭なぐは渡し事ならす。川を[7]こぎ渡りたまへ。然に弘法は三尺程も有川の深サを、もゝ引を膝にまくりあけ、其侭川へ入所、舟の者とも見て、是はしたり、命あやうしと見る間に、何の苦もなぐ、川の向へにこき渡る。舟のものふしきに思ひ、川そばへ行見るに、コハふしき成哉。今や今迠大川なる全浅瀬となる。其所五丁前ゟ五丁下迄、土中川水通り流レ、今の世に至る迠、此所ゟ五丁下大川の流有。尤春《ハル》早キ内は雪消水《（ゆきげみず）》[8]ニ付、洪水故に上迠水上る故、橋は往来の為也」

如此にゟ、弥次郎兵衛頓首いたし、

〽千年川弘法様と取組で
　土□[9]底迠なけ込れたり

是ゟ城家《（下）》迠程近けれは、暮ニ至らさる間に宿へ付《（着）》ント足を早メていそき行。

[10]東洋人士　丹羽屋

7　こぎ渡る…このコグは、船を漕ぐの意味ではなく、歩いて、徒歩で渡るという意味である。江戸語ではなく、現代の津軽方言と同じ用法である。

8　雪消水…ゆきげみず（雪解水）。

9　□…判読不明。

10　本文が六十七丁表で終わり、次の六十七丁裏にこの文字がみえる。本文とは別筆。旧蔵者なのかどうかも不明。

補注

1 （13ページ）

『物類称呼』巻五・言語に「他《ひと》の呼《よぶ》に答る語」として、「陸奥にて〇ないと云」とある。近世北奥方言であったらしい。現代でも同類の語が各地でみられる。

2 （13ページ）

呼びかけの津軽方言コラは、『津軽道中譚』初編三にも「こらア、かゝアムシ、ゑゝ酒五合」と使われている。

3 （15ページ）

シカについて、松木明『弘前語彙』では「軽い疑問を含む場合に用いられる。男性語」（194ページ）とするが、『奥州道中記』では女房のことばに用いられており、さらに、九十九森の「ばば」も「かんこ（燗）してやましか」（36ページ）と使っているところから、男女に限らず、軽い敬意を含んだ疑問の終助詞として、もっと広く用いられていた可能性がある。

4 （17ページ）

四十八川とは、能代川の支流の下内川が、羽州街道と数十回にわたって交叉するのを言った。松木明「岩木山と四十八川」（『渋江抽斎』覚え書四）は、「陸奥史談」41号（昭和四五年二月）において、吉田松陰の『東北遊日記』の嘉永五年（一八五二）二月二九日の条を引きつつ、「四十八川」について、「秋田領内の能代川の支流下内川」のことで、「矢立峠に源を発して、能代川に注ぐ下内川に対する名称で、下内川が非常に狭い峡谷の間を湾曲蛇行して南流し、羽州街道と数十回にわたって交叉横断するので、これを個々の川に見做して、四十八川と称するに至った」と記す。

そのほか伊能忠敬の『忠敬測量日記』にも、四十八川の若干の記述がみえる。

5（20ページ）

ヘコタマルは、従来、石川啄木『刑余の叔父』（明治四一年・一九〇八）に「対手がこれで平伏《へこたま》れば可いが」（『日本国語大辞典』）とあるのが初出例だったが、『奥州道中記』によって近世津軽でも用いられていたことが判明する。なお現代方言でも鳥取県、島根県にみられるという。

6（27ページ）

地白とは、鳴海助一『津軽のことば』に、「これは木綿織物の名で（中略）津軽では白木綿の事を単に「しろ」ともいい、「さらし」ともいう。その白木綿に、模様をつけたものを、「ぢしろ・じしろ」というのである。」（79ページ）とある。

7（29ページ）

この部分、文脈上意味不明。「明俵へ団子を入る様なふふ（風）」の部分は地の文と考えられる。しかし、これに続く「其だん子で思ひちいた〜」は弥次の会話文である。そう考えると、会話に出てくる「そのだんご（団子）」というソノは、地の文における語を受けての言葉と考えざるを得ない。しかしこれは不審であり、明らかにおかしい。つまり書き手は、地と会話のレベルの違いを意識せずに記述してしまっているということになる。

8（31ページ）

これとよく似た唄を、菅江真澄が記録している。『つがろのつと』の寛政十年（一七九八）一月四日・五日の記事に、「下も山で、鉈で船うつ桂ぶね、海さおろしてこがねつむ、綾や錦の帆をあげて、これのざしきへのりこんだ、これの亭主はくわほ（果報）な人」（菅江真澄全集　第三巻・253ページ）とある。正月などに歌われるめでたい唄なのであろう。

9（33ページ）

「乗打」を題材にした場面は『東海道中膝栗毛』五編下の冒頭にある。

向こうから来る馬士を、馬から下ろしてやろうという弥次・北のたくらみで、自分を侍と思わせて、「二本ざしを見ると、乗打のできねへこたア、みなしつてゐらア」という台詞を言うが、『奥州道中記』はこのエピソードを元にしたと考えられる。

10（34ページ）
ニシルについて、松木明『弘前語彙』に、「①煮炊きした際に水分（汁など）が蒸発してなくなること。②議論や論争が長く続いて結末がつかないこと。②は①から転じた。否定的に言う場合が多い。」とある。

11（38ページ）
「三貫清水」とは、さいたま市北区奈良町（旧鎌倉街道）に伝わる道灌伝説。
太田道灌が狩りに来た時、村人たちが湧き水で茶を立てて出したが、この湧き水の旨さを賞め、三貫文の銭を授けたという。以来この湧き水を「三貫清水」と呼ぶようになったと伝える。

12（50ページ）
手燈は現代方言では、秋田（テトウ）、山形（テドウ）、青森（テト、テトコ）（『日本国語大辞典』）があるが、『奥民図彙』『奥州道中記』によって、津軽では近世からみられることがわかる。なお『奥民図彙』の「手燈」では、籠に紙を貼ったものと、木に紙を貼った二種が図入りで説明されている。

13（53ページ）
ウジャネトルについて、菅江真澄は『まきのふゆがれ』の寛政四年（一七九二）一二月一九日（大畑）の記事で、土地の女性から、「うざねとりて［辛労をいふなり］行てんよりは、きたなげなりとも一夜とまりたまへ」と勧められたと記しているが、ウザネトルとみえる。（菅江真澄全集　第二巻・300ページ）

14（63ページ）
手拭に真田紐が付いているものについて、それが褌なのか手拭いなのか、というやりとりは『東海道中膝栗毛』（二編上）にもあるが、これを採り入れたか。

15（72ページ）
「鶴ケ花」について、『大鰐町史』（平成七年　大鰐町）に、「藩主参勤の時に休息して昼食を取る場所であり、参勤上りでは津軽平野の見納めの場所であり、下りでは懐かしい津軽平野の初見えの場所」（750ページ）とある。

16（72ページ）
「流木」は『物類称呼』にも載せられている。「能登及加賀陸奥にて○ばいぎと云又ながし木といふ」（巻三・生植「柴　しば」の項）。陸奥のほか能登や加賀でも使われていた呼称であったらしい。

17（73ページ）
この唄の前半部とまったく好対照の唄が、同じ津軽にみられるのである。
菅江真澄は『率土か浜つたひ』において、波風荒い竜飛崎近くで、舟子たちがうたう唄を、次のように書き留めている（天明八年（一七八八）七月十三日の記事）。
「いやな男とやませの風は、そよとふけども身にさはる」（菅江真澄全集　第一巻・471ページ）

18（79ページ）

弥次郎兵衛の住まいの神田八丁堀について、『東海道中膝栗毛』（二編上）では、道中の旅人に出身を聞かれるくだりがあり、弥次郎兵衛が「神田八丁堀で、わっちらが内は、とちめんや弥次郎兵へといって、間口が廿五間裏行が四十間…」と答えるやりとりがあるが、このあたりを採り入れているか。

19（92ページ）

この前後は、流木を食うというエピソードである。食えない物を食うという滑稽の題材は、『東海道中膝栗毛』（五編下）に出てくる「石」を食う話と趣向が同じである。

『東海道中膝栗毛』の石は「焼石」で、蒟蒻を食べる時に温めるためのものであるが、その習慣を知らないので、蒟蒻と一緒に石が出てきたことにびっくりするわけである。

解説

一　書誌

この本の書誌について、以下要点を記す。

所蔵：弘前市立弘前図書館。函架番号〈GK・913・7〉

著者：二遍半舎四半九（五丁裏）。解説参照。

成立：元治二年二月（一八六五）。「序」の末尾に、「元治二乙丑年二月出来」とある。

体裁等：写本。一巻一冊。全六九丁、墨付は六八丁（六九丁目は遊び紙）。大きさは、縦192㎜×横138㎜の中本程度。袋綴、四針眼。表紙は無地の灰色。ただし原装をとどめぬほど補修がなされている。しかも補修に用いている紙は西洋紙であるので現代の修理である。

書名：本書には内題がなく、題簽もなく、表紙に直接「奥州道中記」と墨書するのみで、書名を示すものとしては唯一この部分のみである。しかしこれは補修した表紙に書かれたものであるので、原名であるかどうか不明である。これ以外に書名を推測する記事等もみえないが、内容から判断しても矛盾はしないので、当面この「奥州道中記」を書名として用いる。

保存状態：これまでの保存状態は必ずしも良好ではない。とくに次の（ア）「序」の部分、また（エ）の断片的文章は、虫損などによって読めない部分がかなりあり、全文の意味を汲み取りがたい。ここは本書成立の経緯を記している部分と思われるので残念であるが、「解説」においてできるだけ読解に努めた。

構成：本書は次のような部分から成る。

（ア）「序」―一丁表〜三丁表（三丁裏は空白）。「解説」で翻刻および説明をした。

（イ）発端―四丁表〜五丁表。この部分には標題がないが、内容から判断して、『東海道中膝栗毛』の「発端」部に相当するものなので、仮に「発端」と称しておく。

（ウ）本文―五丁裏〜六七丁表。さらに、六七丁裏に「東洋人士／丹羽屋」と墨書されている。

（エ）断片的文章―六八丁表に、付け足りのように文章が見えるが、虫損、破損のため読み解きがたい。「解説」で翻刻および説明をした。

挿絵：次の三箇所に挿絵がある。筆致は丁寧とは言えないものの、人物の表情などはなかなか巧みである。

（1）27丁裏・28丁表―「唐牛村の百性《ママ》屋」と題する絵

（2）37丁裏・38丁表―「蔵館ノ宿屋之図」と題する絵

（3）64丁裏・65丁表―「新丁并《ママ》木松・岩木山遠景」と題する絵

二　作者について

本書の成立には「二遍半舎四半九」、および「一遍四半舎二半九」なる人物が関わっているようであるのだが、作者は果たしていったいどのような人物なのか。

本文を見てわかるように、至るところに方言が出現している。方言に相当詳しい人物である。しかも十返舎一九の『東海道中膝栗毛』を読み、その題材を借用している点や、『続膝栗毛』、また『方言修行　金草鞋』（注1）を意識しているらしいことから、相応の教養がある人と思われるものの、譌字、誤字の頻出や語句の用い方の破格の多さなどから、江戸語の語彙・語法を使いこなすほどではないかもしれないとも思われる。

登場人物の会話部分は当然としても、地の文にも江戸語以外の方言が現れているのだが、滑稽本を模倣するならば、ふつうは江戸語を主体とした語彙・語法で書かれるところであろうが、地の文のみならず、江戸生れの江戸語しか話さないはずの弥次・北八の会話にも津軽方言が現れているのである。

書き手はこれらの使い分けを厳密にはおこなっていないようである。つまり、書き手自身のことばが出てしまっているとみてよいだろう。だから書き手は津軽の人なのだ。と、いちおうは考えられる。ところがここに疑問が生ずる。津軽の人であって、この道中が羽州街道の津軽道中ならば、なぜ碇ヶ関から始めなかったのであろうか。なぜ、秋田・大館から始めているのか。わざわざ大館の煙草商売の佐吉という人物を設定し、大館、釈迦内（茶屋）、長走（番所）などと秋田藩領を題材に持ち出しているのか。佐吉が「月に一、二度は弘前に行く」とまで述べるという背景には、実際そのような現実がある事を踏まえているのかもしれない。作者は何らかの意味で大館に縁のある人物である可能性があるのではなかろうか。

（注1）一九の『東海道中膝栗毛』には、その続編『続膝栗毛』だけでも文化から文政年間に、初編から十二編を出版している。『方言修行《むだじゆぎやう》　金草鞋《かねのわらじ》』（初編、文化十年・一八一三）も江戸を皮切りに奥州から西国、九州などを巡っている。

三　旅程と登場人物

三人

弥次郎兵衛（弥次・弥二とも書かれる）は、「江戸神田八丁堀とつめんや弥次郎兵衛」（P.22）とある。ちなみに「とつめんや」は、一九の『道中膝栗毛』では屋号「栃面屋」とある。「栃面」は慌て者・うろたえ者の意のとちめん坊に掛けているという。北八は「弥次郎兵衛家来北八」（P.22）とある。

この二人の道案内が佐吉であるが、佐吉は「煙草屋商売の者。毎月一、二度は弘前さゐきましる。煙草屋佐吉といえば、つかるの人皆おぼへてゐる」（P.16）とあって、道中案内にはうってつけの設定である。

時期

この道中は三泊四日であるが、この時期はいつであろうか。

発端部に、「夏の暑さもいとひなぐ」（P.12）とあり、さらに「此の暑《アツサ》に風は一切入もせねい」（P.14）、「暑《アツサ》さ故道早どらす」（P.16）とあることから、夏であることは明らかである。では何日だろうか。この具体的な日時を特定できるような記述は、一見無いように思われるのであるが、ただ一か所、これを推測できる場面がある。

蔵館の宿での夜中の場面がそれである。騒動を起こそうと、弥次・北が夜中に起き出すところで、「廿六日の月出て明らかなり」（P.56）とみえる。なぜ、二十六日の月という具体的な数字が記されたのであろうか。

この「二十六日の月」という語句で思い合わされるのは、近世、各地で行われていた「二十六夜待ち」という年中行事である。陰暦七月二十六日の夜中、月の出を待つ夏の夜の遊興は浮世絵にも描かれた。こうした知識を本作者は当然持っていたと思われる。わざわざ「二十六日の月」を記した理由は何か。それは、このシーンから始まる出来事を本書の滑稽の見せ場、山場とするからなのであろう。この意味でこの「二十六日の月」は『奥州道中記』の要となる場面であった。この日付を元にして以下のような旅程となる。

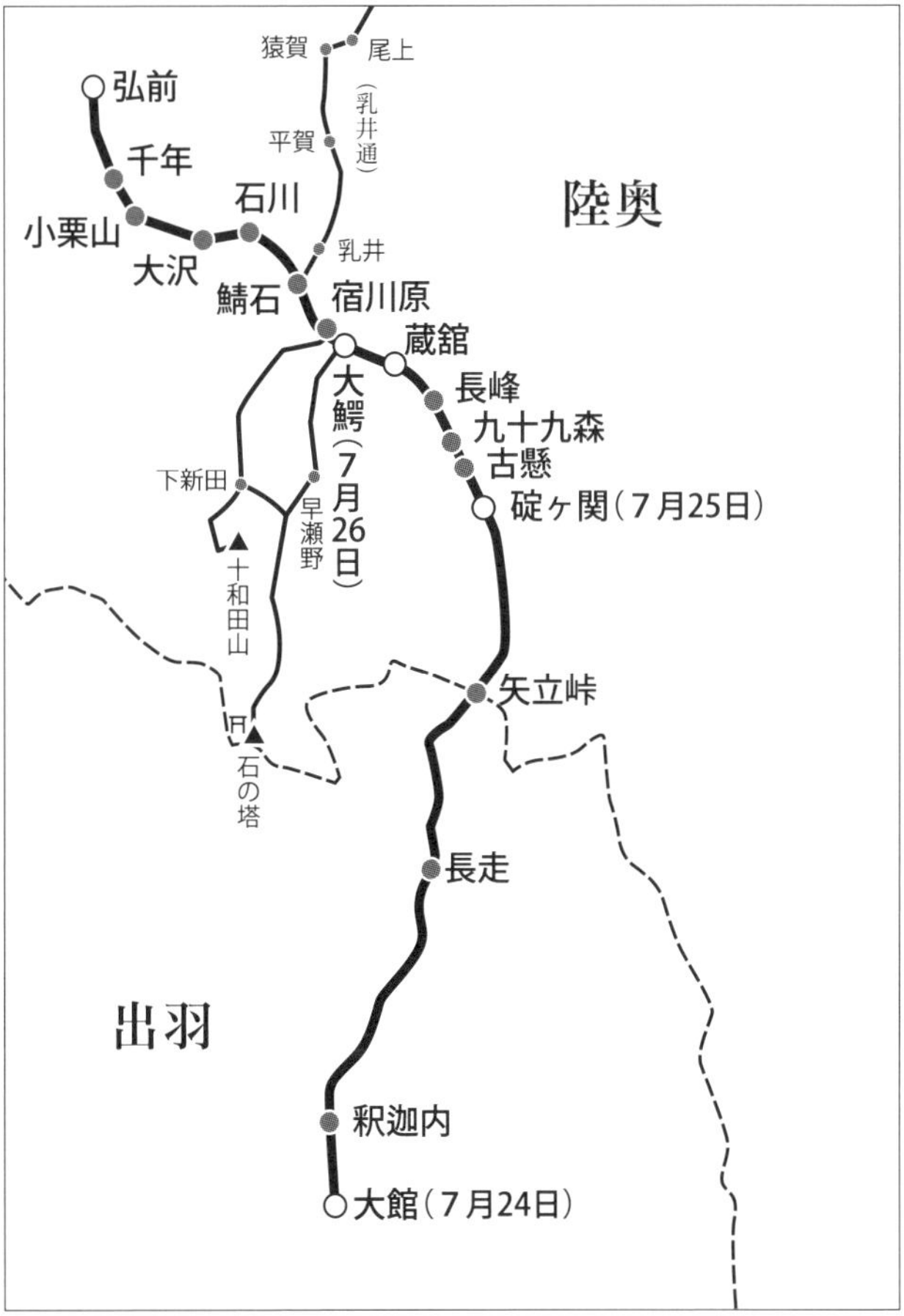

旅程と登場人物

この道中での登場人物を、発端から順にその地域、場所とともに追っていくと次のようである。

発端（七月二十四日）※以下、カッコ内はページ数

○夕暮れ。弥次・北八の二人は、羽州、大舘の旅籠屋「煙草屋佐吉」の家に着く（P.13）。佐吉は、弘前までの二人の案内を引受ける（P.16）。佐吉の女房（P.16）

【一泊目】旅籠屋「煙草屋佐吉」

二日目（七月二十五日）

○出羽・釈迦内。釈迦内の茶屋女（P.17）

○出羽・長走。長走の番所の役人（P.18）

○藩境・矢立峠（P.20）。

○津軽。津軽の中の番所の役人（P.22）

○津軽・碇ヶ関・関所。関所の役人（P.24）

○（夕暮れ）碇ヶ関・佐吉の知合いの宿（P.26）。宿のかか（P.26）。おさち（宿の女）（P.27）

【二泊目】碇ヶ関の佐吉の知り合いの宿

三日目（七月二十六日）

○古懸村。馬方（P.33）

○古懸山国上寺（古懸不動尊）（P.34）

○長峯村（P.35）

○九十九森（P.35）。九十九森のばば（P.36）。左之助（ばばの息子か）（P.36）。唐牛村（P.44）

○蔵館村の茶屋で昼食（P.44）

○この茶屋を宿とする。その宿の女（P.46）

○津軽藩家中の侍たち（P.47）

○宿の亭主（P.47）

○夜中。「廿六日の月出て明らかなり」（P.56）とある。

弥次・北の二人は雪隠を壊す。（P.56）

○津軽藩家中の侍（P.57）。侍の家来・子之助（P.57）

○宿の老人（宿の亭主の父親）（P.64）

八ツ半頃（午前二時ごろ）出立。（P.67）

○大鰐（P.68）

○大鰐。佐吉の知合いの家の亭主（P.68）

【三泊目】大鰐

四日目（七月二十七日）

○大鰐。若嶋（土地の若い者）（P.69）。千代嶋（土地の遊女）（P.69）。木地引細工師（P.70）

○靍返し坂（P.72）

○鯖石の茶屋女（P.73）

○石川橋（P.73）。馬方（P.73）

○石川村の茶屋女（P.75）。連れになった男（P.78）。馬方（P.82）

○大沢村の娘たち（P.83）

○小栗山（P.90）。小栗山の茶屋のかか（P.90）。茶屋の亭主（P.91）

○千年川（P.96）

以上、三泊四日の短い道中であるが、さまざまな身分の人たちおよそ三十人が登場する。

四　郷土資料としての『奥州道中記』

滑稽本という性格上、滑稽話と絡めて行く先々の土地のくらし、風俗などを題材として取り込むのが定石であろう。ではどのような、いわば〈うり〉となるものが描かれているのだろうか。それらを以下、道筋にしたがって若干紹介してみよう。

飲食物

（一）大館名物・濁酒

女房「当所名物濁《にごり》酒になしやしか《ナサルカ》、しみ《（清）》酒にしゝか《シルカ》」（P.15）

大館は現在も酒処だが、当時は濁酒が名物であったとする。

（二）碇ヶ関村・名物のかじか

（弥次）「姉さん、是はなんと言肴ぢや」

女「ソリヤかちかゑし。かちかさ、玉子かけたのてごへそ」

弥「何、かちかさ。聞た事もねい。喰て見よか。ヲ、かちかさの玉子かけ、むめい〳〵」

佐吉「是は此川からとれる名物のかちかなるべん」（P.28）

（三）身欠けにしん、九十九森名物みじ漬

佐吉の知り合いの九十九森のばゝの家。

ばゝ「ア、」と言て、身かけにしんと外ニ、春慶ぬりの曲物《まけもの》へ青物を漬たるを入出し、（中略）

弥次「佐吉さん、其丸曲ヲよせでくんな。是はなんじや、いゝあんばい。北八やってみな」

佐「夫は当所名物みじ漬」（P.38）

この旨過ぎる「みじ」の食べ過ぎが、蔵館の大騒動の原因となるのである。

（四）石川村の「名代のはんべい」料理

石川村に入ると茶屋がある。

茶屋女「御休なしやへ。一吹上りへんか。名代のはんべい、あつ（熱）どごでごへし」（P.75）（弥次・北には「はんべい」なる物がわからなかったが、）

弥次「ハ、半兵衛とは豆腐《トウフ》の事か」

佐吉「おめや達《たつ》、半兵衛〱とは何の事と思たんか。はんべんの事たんか。爰の名代豆腐煮の事だん」（P.77）

旧津軽藩士・内藤官八郎『弘藩明治一統誌月令雑報摘要抄』（注1）には、弘化年間ごろからの往来の飲食店（「小休所」と称していた）について、「石川村西入口北側は豆腐のハンペン」と記載されており、両者の記事は符合するので、『奥州道中記』は滑稽道中という虚構であるが、一定の事実を反映しているとみてよいのであろう。

（五）大鰐名物もやし

道連れになった男が背負っているもやしを見る。

弥次「此草はなんちゃ」。佐吉「是は大鰐名物もやしと言物たん。酒の相手ニ能キ物たん」（P.90）（小栗山に来て、）村の入きわに甚太か茶屋迚きれひなる店有。

茶屋の女に、煙草盆を出し、

男「コレ、おかく、此もやしを煎《に》上ヶで、醤油かけてけせんか」

大鰐のもやしは当時から有名であったらしい。比良野貞彦は『奥民図彙』のなかで「モヤシ筥」について図絵入りで説明し、「ヨシ田大鰐ノ辺ヨリ多クイツル」と記し、賀田、大鰐の名を挙げる。さらにこの売り声についても「モヤシカワセマセンカ」（もやしをお買いなさいませんか）と記している（注2）。

俗謡

（一）宿の女さちの唄うもの

〽アレ〱見さんせ沖《ヲキ》の舟　綾《アヤ》と錦《にしき》の片あけで万《ヨロジ》の宝を績（積）込て　おらほの浜さ入込だ　このたんぼさんや〱」（P.31）

これと似通った唄を、菅江真澄が『追柯呂能通度《つがろのつと》』において次のように書き留めている。

下も山で、鉈で船うつ桂ぶね、海さおろしてこがねつむ、綾や錦の帆をあげて、これのざしきへのりこんだ。これの亭主はくわほ（果報）な人。

真澄はこれを「山歌」と記している。寛政一〇年（一七九八）一月四日・五日、東津軽郡平内町童子滞在の記事である（注3）。

（二）同じくさちの唄

〽今年の世の中万作で　小豆《あつげ》もさゝぎ《大角豆》もゆく《能》できた　中にも出来たるはつけ豆　此たんぼさんや〳〵。（P.31）

（三）同じくさちの唄

〽女と噺をしる時は　おかしな所さ気か廻る　此たアんほさんや　〳〵」（P.31）

なお、この三つの俗謡に出てくる「たんぼさんや、たんぼさんや」とは、文政あるいは天保年間のインフルエンザ（注4）に付けられた名前で、「だんぽう風邪・だんぽ風邪」（だんぽうは檀方・旦方と書き、旦那さんという意）というはやり唄があったが、その中の囃子ことばである。

（四）石川橋での馬方

又向ゟ馬か来り《（ママ）》ゆへ待合、しばらぐ有て傍近ク馬引来り、馬方のうだ《（歌）》、

かわい男と夏吹く風は、そよと吹でもうけはよへ　ちやんちやどつちごちん

左之弟《さのと言弟》アあどおま《馬》内なふくた《ヲモツナマタク》（P.73）

この唄の後半部は意味不明である。

大鰐の遊女

大鰐は湯治場なので遊女もみえるのである。

此所湯次場ニ而、売女抔もちら〱と見へる所。（P.69）
ふゝ《（夫婦）》ニ而髪洗、髪をくし巻《まキ》ニいたし、其櫛まきを晒白ニ而まん丸ぐ包。夏なれは板〆抔の繻伴或はひちりめん《（緋縮緬）》。其上に薄色もめんの大もよふ、ひとへ物。二人連立帯しめす、かすり前かけ、其跡ゟ湯上りの四方湯かたを着、しそまくりあけ、前の所をちかけ《（突掛）》、八《（鉢）》巻を〆《（締）》、かへき《（掻笥）》持なから女郎の名を呼かける。

男「ヲイ千代嶋子《コ》、まで《待》でア〱」

女、跡を見て、

（女）「いゝゑ待《まち》へん。おまへ若嶋か。どご《所》さ《へ》ゑぎ《行》へ」

大鰐名物・木地挽き細工

大鰐名物・木地引細工が紹介されている。

此所の名物木地引細工は、ゑい《（良い）》頭の引物は家事に出来る。此細工所へ立寄見れは、煙草入、灰打、鍋台、茶入、酌子、椀、鉢迠も見るニ、仕上、夫婦連、轆轤綱《（ろくろづつな）》を廻し、綾をとり、夫《ヲツト》ハ〈鑿の形の挿絵〉如此の道具を持、さいくをいたし、（P.70）

夫婦で営んである姿が描かれるが、大鰐は幕末・明治、木地引きが盛んであったようである。

（注1）（旧津軽藩士）内藤官八郎『弘藩明治一統誌月令雑報摘要抄』（青森県立図書館郷土双書第七集　一九七五（昭和五十）年　青森県立図書館）

（注2）比良野貞彦『奥民図彙』（青森県立図書館郷土双書五『奥民図彙』昭和四八（一九七三）年）（『日本農書全集1』一九七七（昭和五十二）年、農山漁村文化協会）

（注3）菅江真澄『追柯呂能通度《つがろのつと》』（『菅江真澄全集　第三巻』（二五三ページ）内田武志・宮本常一編　一九七二年　未来社）

（注4）江戸時代のインフルエンザについて以下を参照。酒井シヅ『病が語る日本史』（二〇〇八年　講談社）参照。

五　近世津軽方言資料としての『奥州道中記』

方言については、頭注において説明しており、挙例するに暇がないので、ここでは、近世津軽方言の資料としての価値について述べたい。

(一)『奥州道中記』のみに存在し、他書に確認できない語、いわば孤例

○カラカラ

弥二「私どもも湯にめいりやしたか、そんな噺もせす、ふんとしも洗ひし覚、から〳〵ごさりやせん」(P.61)

文脈から「まったく・全然(〜ではない)」の意であるが未見である。『津軽道中譚』に「マアからッと受ぬよりハ吉の方だムシ」とあり、「まったく〜でない」の意味の「からッと」がみえるがこの語と同類の語と思われる。ここは弥次の台詞であるが、作者の方言であるかもしれない。

○カリカヘ(名詞形)。孤例

男「おまへ方二人してかりかへにそつ《脊肩》てけへ。是も道連《(みちづれ)》に成た縁なれば(後略)」(P.87)

カリカヘル(動詞形)

佐吉「弥次郎様、かりかへたはて、おまへ一盃風呂敷をそ《(背負)》つてくだんせ」(P.89)

カリカヘ（名詞・動詞）は、あるいは代ワリ換エ、あるいは代ワリガワリ・代ワルガワルの転化かと推測するが、管見では『奥州道中記』以外には見出せなかった語で孤例である。

（二）『奥州道中記』以外にはほとんどみられない語で、稀少例

○クチゴト

女房「ア、、肝やける〳〵」と、口言《くちごと》なから汁を掃除いたし、（P.15）

下司「御役出して早《ハヤ》通れ。此や郎めら、おつつぬかしたと見へで、めたくたにくさへ口言也」（P.26）

其人大きに口事を言。（P.47）

二人して口事一ばい、せついんの掃除は仕舞（P.53）

クチゴトは右の四例で、非難、文句、悪口、愚痴の意で、「口言・口事」という表記である。この語は、津軽方言をはじめ本土方言にはまったく見いだせず、管見では、現在、唯一、沖縄方言（注1）にしか見いだせないきわめて特徴的な語である。

（三）近現代・近世を通じて、津軽方言としての初出例

○ヘコダマル

弥二、へこだまつて「佐吉さん、あやまつた。御めん」（P.20）

ヘコダマルは閉口するの意、ヘコタマルとも言う。補注5でも指摘したように、これまでは石川啄木の小説『刑余の叔父』が初出であったが、幕末の津軽までさかのぼることが判明するのである。

○ウジャネトル

佐吉「イヤ其うじやね取たと言は難儀したべんと言事た」(P.54)

ウジャネトルは難儀する、骨を折るという意であるが、この語とよく似たウジャネハクは、江戸時代の方言辞典『物類称呼』、『仙台言葉以呂波寄』、『御国通辞』にも、また現代の東北方言にもみられるのである。しかしウジャネトルのほうは江戸時代の方言辞典にはみられず、現代の方言でも、青森県上北郡、岩手県九戸郡などにみられる(『日本国語大辞典』)程度である。いずれにせよ近現代および近世を通じての初出例となる。

○マカタスル

弥次「どうして一人で間ニ合す《ず》。明り持《もち》かなくちや、間方せねい」(P.52)

マカタスル(間方)は間に合うという意であるが、現代方言では、北海道、青森、岩手にみられるという(『日本国語大辞典』)が、近世の例としては初出である。

以上、本書の方言資料としての価値はこの三つのタイプに分類されるほかに、(四)他資料にもみられる近世津軽方言、という種類があり、数多くの方言がとりだせるが、これらについては頭注等で指摘したのでここでは割愛する。いずれにしても、(一)~(四)からは相当量の方言が取り出せるのである。

(注1)首里・那覇方言音声データベース(沖縄言語研究センター)(http://ryukyu-lang.lib.u-ryukyu.ac.jp/srmh/index.html 二〇一九年五月三日閲覧)には「クチグトゥ /kucigutu/ 意味:口論。言い争い。口げんか」。また、『沖縄民俗辞典』(渡邊欣雄ほか編 二〇〇八年 吉川弘文館)には「クチ」の項に、「人にいわれた悪口が事実ではないと神に報

告することを、クチグトウケースン（口事を返す）という。」とあり、「口事」は悪口の意である。

【付属資料一】「序」の翻刻・解説

【翻刻】本書冒頭の「序」（一丁表〜三丁裏）の文中の□は原文の虫損等のため判読できない部分である。

序

前□□も□□通より、私先生と申は五扁者半九。其師匠と申は、十扁者大先生ニ御ざります。老躰ニ及し故、隠退□□□□。是迠諸方本屋ゟ《より》□□□□□□□□至る まで半九へ頼置れし程ニ、膝栗毛の奥州筋ゟ松前迠の道中、大先生作り残し、コレ就中《なかんずく》残念ニ思ひ、是等迠半九ニ頼。私の先生も大先生ゟ□□の作り残り 引受、行届キ兼、はし内抜書して、亦私へ頼□し。末然《カナリ》の私二ケ八に人間《ヒトマ》似ヲいたし、漸々今日、鼻の下ヲ養ひの者故、大先生の作り残し、迚も難及と思なから、抜書の表を見てびつくり致しわけは、奥羽道中膝栗毛の残りも有。是ニはほとんと当惑。仙台迠は安《案》内あれと、羽州道中□□つかる抔、廻らぬ所は兎角□□□如何致さんと工夫の所へ、外ゟ二扁半舎小半九様は御内なるかと尋来る者有。成程こつ□御入有と言は、御免と言て入故、見れは、五拾餘の人物《ジンブツ》、田舎ふなり。何御用と尋ぬれは、私は奥州の端ヨリ来た者、先生の作、私の国までも廻り、本好の私故、諸方の作は見たれとも□先生の作は中々も私の心に叶ひ、至極面白し。又私も三文代斗本の作心得有まし。願クは御弟子ニしてくたされとふこさる。ケ様申まし故、左様ならは、おまへは奥州安内の御方、一九さまの作り跡へ続作り御願申まし、と言ましたら、承知いたしと引受、私の所へ滞留の上、四五ケ月程日数の間、漸々此頃出来まして、皆さま御らんなされまし通り、ナンタカ、虚字、か名《仮名》違ひ、かなの置《ヲキ》所等、いやはや筆にも難被申、此儘に出来るも□□□の為と思ひ、其形りに板木屋を頼ましたハ、、、、。
元治二乙丑年二月出来

［解説］

「序」の文章は虫損等のために文字が所々欠け、加えて語句の用い方が判然としない部分が多いため、全体を読み解きがたいのが残念であるが、本書の制作や作者など、その成立のいきさつらしき内容がうかがわれる。

作者等については、五丁表に次のようにみえる。

十遍《ママ》舎一九弟子五遍舎半九／又弟子二遍半舎四半九作／其弟子一へん四半舎二半九

この文章の書き手は、「二遍半舎四半九」であり、その先生は「五遍舎半九」であるが、五遍舎半九なる人物は、十遍《ママ》舎一九（「大先生」と呼んでいる）の弟子であるという。さて、この『奥州道中記』の成立事情について、十返舎一九の膝栗毛の続編には奥羽道中があるが、ただ羽州道中筋で津軽までの道中は作られていない。さてどうしたらと思案していたところ、（私）四半九の許に、弟子入り希望の五十歳余りの田舎風の人物がやってきた。そこで、一九の作り残した羽州街道、津軽までの道中記を作ってくれるようにと言ったところ、四、五か月滞在して、このようなものを書いた、という趣旨である。

こうしてみると、この作者について、「二遍半舎四半九作」（傍線筆者）とあるが、この実質上の作者は、この文章の書き手「二遍半舎四半九」の弟子の「一へん四半舎二半九」ということになるのであろうか。しかしそれならばなぜ「二遍半舎四半九作」となっているのか。あるいは監修的な立場なのか、いずれにせよこの二人が何らかの形で本書の成立に関わっていることがうかがえるようである。

【付属資料二】巻尾の断片的記述の翻刻・解説

左の文章は、本文が終わった後の巻尾（六八丁表）に心覚えのように書かれた一二〇字弱のものである。なお文中の□□は原本の虫損等のため判読できない部分である。／は改行を示す。

【翻刻】

弥次□□北八大館の佐吉の安内にて／四拾八川越る時日照ニ□□も不足之／
川を漕度《(ママ)》草鞋へ川鹿《(かじか)》はさまり一川／毎に五六疋ツ、取□□四拾八川こき仕／
舞には椀に四五□□ありけれは則／晩□□□にて宿へ頼玉子閉□／
仕立□□侭たべたるよし佐吉咄／合ニて□□届□□□申事／

【解説】

この中に見える四十八川、カジカ、卵閉じをキーワードとして、『奥州道中記』の本文を確かめると次のようである。

四十八川を渡って（P.17）後に、碇ヶ関の佐吉の知り合いの宿で鰍料理（かじかの卵かけ、かじかの吸物）（P.28）を食す。そしてこの宿を早朝発ち、道筋の川で鰍を捕る村人を見る（P.32）という順であり、三人が四十八川を渡る場面では、鰍は出てこない。

この文章は、本文が成立する前の草稿段階の一つのエピソードを示すものであろう。

引用・参考文献

本文記述にあたり直接かかわる主要なものをあげる。

【資料類】

菅江真澄『まきのふゆがれ』
（菅江真澄全集　第二巻）（内田武志・宮本常一編　一九七二　未来社）
菅江真澄『追柯呂能通度』
（菅江真澄全集　第三巻）（内田武志・宮本常一編　一九七二　未来社）
比良野貞彦『奥民図彙』（青森県立図書館郷土双書五『奥民図彙』昭和四八（一九七三）年）
（『日本農書全集1』一九七七　農山漁村文化協会）
『東海道中膝栗毛』（『日本古典文学大系』一九五八　岩波書店）
『御国巡覧滑稽嘘盡戯』（津軽道中譚）（一九五六　みちのく双書第二集　青森県文化財保護協会）
内藤官八郎『弘藩明治一統誌月令雑報摘要抄』（青森県立図書館郷土双書第七集　一九七五　青森県立図書館）

【辞典・事典類】

『物類称呼』（一九七七　岩波書店）
『全国方言辞典』（46版）東條操編（一九七九　東京堂出版）

『津軽森田村方言集』（一九七九　木村国史郎　文芸協会出版）
『弘前語彙』松木明（一九八二　弘前語彙刊行会　小野印刷）
『角川日本地名大辞典　2青森県』（一九八五　角川書店）
『日本方言大辞典』徳川宗賢監修・尚学図書編（一九八九　小学館）
『現代日本語方言辞典』平山輝男代表編（一九九二　明治書院）
『日本国語大辞典』（第二版）（二〇〇二　小学館）
『日本語学研究事典』飛田良文ほか編（二〇〇七　明治書院）
『沖縄民俗辞典』渡邊欣雄ほか編（二〇〇八　吉川弘文館）
『日本語大事典』佐藤武義・前田富祺（編集代表）（二〇一四　朝倉書店）
『日本語学大辞典』日本語学会（二〇一八　東京堂出版）
「首里・那覇方言音声データベース」沖縄言語研究センター
(http://ryukyu-lang.lib.u-ryukyu.ac.jp/srnh/index.html)

【著書・論文】

大鰐町（一九九五）『大鰐町史』（ぎょうせい）
此島正年（一九七四）『新版　青森県の方言』（津軽書房）
酒井シヅ（二〇〇八）『病が語る日本史』（講談社・講談社学術文庫1886）
鳴海助一（一九七一〜七三）『津軽のことば』（三版）（津軽のことば刊行委員会　小野印刷）

鳴海助一（一九七一）『続　津軽のことば』（続津軽のことば刊行会　小野印刷）
鳴海助一（一九七八）『余録　津軽のことば』（小野印刷）
松木　明（一九七〇）「岩木山と四十八川（渋江抽斎覚え書四）」（『陸奥史談四一号』昭和四五年二月　陸奥史談会）
綿抜豊昭（二〇〇四）『「膝栗毛」はなぜ愛されたか』（講談社・講談社選書メチエ294）
藁科勝之（一九八六）「近世津軽方言資料としての奥州道中記―新資料の基礎的考察―」（『文経論叢』二一巻三号　一九八六年三月）
藁科勝之（一九八七）「津軽地方における国語史資料―近世津軽方言資料―」（昭和五九・六一・六二年度特定研究報告書『北日本文化の継承と変容』一九八七年三月　弘前大学人文学部）
藁科勝之（一九八八）「近世後期の津軽方言」（長谷川成一編『北奥地域史の研究―北からの視点―』昭和六二年三月）

あとがき

三十五年前の一九八五（昭和六十）年、弘前に住み始めて二年目の夏であった。

せっかく津軽に住んだのだからと、専門領域の近世国語学資料の探索中だった私は、弘前市立図書館でそれらしき書物を漁っていた。弘前は城下町であり、藩政史料は豊富であるにしても、国語学関係資料、とくに近世期のものについては、実はそれほどではないだろうと思っていた。いちおうそれらしい書名の『奥州道中記』と『方言訛語』を脇に置いていたが、名も知れぬ資料であったから、帰り際に、念のためと頁をめくっていった時、方言が次から次と出てくることに、いささかとまどいすら覚え、これは思わぬ収穫なのかもしれないと思った。直ちに確認の調査の結果、この二つとも、新発見の近世津軽方言の新資料だったことがわかったのである。そしていくつかの論文を書いた。

さらにこの貴重な資料を一般の方々に知っていただきたいと、地元新聞に数回の連載をさせていただいた。それが縁で、いくつかの町村の文化講座に招かれてお話したりもし、出版物では日本歴史のシリーズ物の一つの青森県版に紹介させていただいたりもした。また弘前城築城四百年記念で、地元新聞にも江戸時代の津軽の資料として取り上げられることもあった。

しかし、そうしてそのまま、三十数年がすぎた。この三十数年を経て思うに、このままでは、この資料は埋もれてしまうということである。埋もれる形には二つのパターンがあろう。一つは、知られていながらその価値が認められず、結果として忘れ去られてしまう場合。もう一つは、知られておらず、したがってその中身も知られていない、だからそのまま埋もれてしまう場合。

後者は不幸である……しかし『奥州道中記』をそうしてはならないし、これは、知られずに忘れ去られてしまう資料ではないのである。

さて、ようやくこうして公開できた本書を、さまざまな方々に利用していただければありがたいと思う。これはささやかながら、地味ではあるが古典日本文学語学系の社会貢献・地域貢献である。

終わりに、本書が成るにあたり、語彙調査に関して、筆者の勤務先の当時の弘前大学人文学部の「日本語学演習」で本資料を取り上げたが、その時の受講生の、小室加奈さんと佐藤綾乃さんの若い諸君の助力があった。そして、北方新社の工藤慶子さんには郷土資料を教えていただき、注釈に反映させることができた。

かくして、ついに百六十年を経て、近世津軽方言が陽の目を見ることになった。

読者の皆様にはこれを大いに活用していただければ幸いである。

二〇二〇年三月

蘽科　勝之

む

め

も

や

ゆ

よ

ら

べ（助動）　→べし
べい（助動）　→べし
へこだまる（閉口）…………… 20•9
べこちまらなへ（詰）……74•5、78•8
べこつまらなへ（詰）………… 68•12
べこつまらねい（詰）………………
75•4、76•7、77•7
べし（助動）
［べ］15•7、46•6、47•2、53•16、68•3、80•16、81•7、83•1、86•14、87•8、87•13、88•14、88•15、92•9、94•1、94•13、94•16
［べい］46•7、69•6、74•12、80•11、83•3
［べし］29•15、45•9、48•2、60•5、60•7、66•4
［べん］28•4、40•2、41•13、48•13、51•5、54•4、77•9、78•5
べだ（別）……………………… 93•5
へば（接続）　→そへば、とへば
べらほくさい（篦棒臭）……… 74•1
へらまし（篦増）……… 71•4、78•11
へる（為）……………………… 85•13
へん（助動・敬語）
［へん］30•15、36•6、69•15、73•1、75•1
［ごへへん］17•4、37•1、73•3、92•1
［まへん］21•12、36•13、41•6
べん（助動）　→べし

ほ

ほ（方）　→おらほ（我方）
ほいとう（陪堂）　→ほへと
ほうしや（報謝）……………… 16•13
ほごす（解）…………………… 26•9
ほしにしん（干鰊）…………… 92•11
ほへと（陪堂）…… 83•1、83•5、83•7
ほりぞい（堀添）……………… 23•10
ほろぐ（払）…………… 53•13、54•1
ほんま（本真）………………… 33•13

ま

まかた（間方・真形）… 52•4、86•11
まかない（支度）……… 26•9、26•11
まぎらしい（紛）……………… 25•5
まげもの（曲物）……………… 37•3
ましない（敬語）……………… 90•6
まつまえさま（松前様）…38•5、93•2
まで（真手）…………………… 36•11
まなく（間無）………………… 66•9
まなぐだま（眼玉）…………… 82•8
まや（馬屋）…………………… 36•9
まやまや（副詞）……………… 57•13
まるにききょう（丸桔梗）…… 50•9
まるのみ（丸呑）……… 91•10、92•4
→のむ（呑）
まるわげ（丸髷）……………… 38•6
まをとる（間取）……………… 52•11

み

みかけにしん（身欠鰊）……… 37•3
みぐせい（見臭）……………… 84•8
みじ（蛇草）…………………… 38•12
みじづけ（漬物）…………38•8、38•9

ひ

ふ

へ

ち

つ

て

と

■す

■せ

■そ

■た

け

こ

う

え・ゑ

お・を

索引

凡例

1．収載語彙

本索引には『奥州道中記』本文（発端部分を除く）にみられる方言をはじめとして、江戸語、地名、人名（登場人物名は除く）、その他、語誌的に重要と思われる語を収載した。ただし多数みられる音訛は紙幅の関係から一部採りあげたのみである。

2．見出し語の配列

見出し語は五十音順に配列したが、仮名づかいは原文の表記を尊重しつつも、検索の便を考慮して適宜、現代仮名づかいに直した場合がある。なおカタカナ表記はひらがな表記に直した。

3．表記の取り扱い

原文の仮名表記は方言音を反映して、かなり検索し難い形が多いため、江戸語や現代語から「→」によって方言形を参照できるようにした場合がある。

また語の意味識別のために、見出し語の（　）内に相当する漢字を入れたが、目安程度なので諒承されたい。

頭字が「ゑ・ヱ」で始まる語は「え」の部に、「を・ヲ」で始まる語は「お」の部に配置した。（なお、本書には頭字が「ゐ・ヰ」で始まる語はみえない。）

4．語彙の所在は、本書の〈ページ・行〉で表示した。

藁科勝之（わらしなかつゆき）

1945年、東京生。早稲田大学大学院文学研究科博士後期課程単位取得退学。

弘前大学人文学部教授、同人文学部長、同理事・副学長、放送大学特任教授（青森学習センター所長）を経て、現在、弘前学院大学文学部教授。

著書・論文に、『雑字類編―影印・研究・索引―』（1981　ひたく書房・昭和55年度文部省科学研究費補助金研究成果刊行費）、「俗字・略字」（1987　明治書院『漢字講座４・漢字と日本語』）、「近世後期の津軽方言」（1988　名著出版『北奥地域史の研究―北からの視点―』）、「『雨月物語』における係結びの特異性―コソ・ゾの破格の再検討―」（2014　全国大学国語国文学会『文学・語学』208号）などがある。

奥州道中記

二〇二〇年三月三十日
校注者　藁科勝之
発行所　㈲北方新社
青森県弘前市富田町五十二
ＴＥＬ　〇一七二（三六）二八二一
ＦＡＸ　〇一七二（三二）四二五一
印刷所　㈲小野印刷所
ＩＳＢＮ　９７８－４－８９２９７－２７３－７